Felicitas Andresen

DIE FRAU MIT DEN DREI HÄNDEN

Roman

8 grad verlag Freiburg

Inhalt

Die Sonne Griechenlands

Die Mutter sieht sehr hübsch aus, mit ihrer hohen, wie ein Blütenblatt gewölbten Stirn, den fein gezupften und nachgezogenen Augenbrauen und den großen blauen Augen darunter. Nase und Wangen leuchten matt vom mit der moosigen Quaste aufgetragenen rosigen Puder. Selbstverständlich trägt sie Lippenstift, ohne Lippenstift auf den Lippen würde keine Frau in dieser Zeit das Haus verlassen. Es gibt Frauen, die können ihre Lippen schminken ohne Spiegel.

Aber Schönheit ist vergeblich, morgens um fünf Uhr in der Straßenbahn Nummer sieben von der Doggenburg zum Stöckach.

Die Mutter trägt Seehundstiefel aus anderen Zeiten und einen dünnen Mantel, darunter ein Kostüm mit weitem Rock und eine Jacke mit gerüschtem Schößchen, genäht aus den Wohnzimmer-Gardinen ihres Elternhauses, das jetzt in Trümmern liegt.

Ihr Kopftuch ist aus Seide und stammt vom Schwarzen Markt.

Das Kind hat ihr das Kopftuch geschenkt. Das Kopftuch hat hundertfünfundsiebzig Mark gekostet. Das Kind hat Geld wie Heu, es kann die Preise auf dem Schwarzen Markt bezahlen.

Es ist ein Funkkind. Es spricht im Radio Kinderrollen. Es spart das Geld in einem silbernen Milchkännchen. Zu kaufen gibt es nichts. Außer eben auf dem Schwarzen Markt. Das ist verboten. Aber manchmal gelingt es doch.

Die Preise sind gegenwärtig eigenartig. Ein Zug aus einer Zigarette kostet eine Mark. Er wird auf den Bahnsteigen am Hauptbahnhof angeboten.

Ein Zug aus einer Zigarette, denkt die Mutter, als sie beim Funkhaus aussteigt. Wenn ich Lenny treffe, kann ich vielleicht eine ganze Zigarette bekommen.

Und ich muss an Brot denken.

An das weiße Brot, das vor der amerikanisch verwalteten Kantine in einem Winkel aufgestapelt liegt, den die Küchenfrauen nicht gut einsehen können. Und nicht einsehen wollen. Zwei, drei Brocken wird sie unter dem Manuskript versteckt halten und so strahlend lächeln, dass ihr alle nur ins Gesicht blicken und kein einziges Mal auf die Hände. Bis sie durch die Tür ist. Und dann schnell das Brot in die Tasche.

Sie überquert die eisglatte Straße und betritt das Funkhaus.

Es ist sehr still um diese Zeit. Im Studio ist sie allein. Hinter der Glasscheibe im Regieraum sitzt der Tontechniker.

Er drückt auf einen Knopf: Jetzt kann sie ihn hören.

»Möchtscht dr au am liebschte Schteckele zwische d'Auge schtecke, gell?«

Aber dann gibt er ihr das Zeichen, dass er das Tor zur Welt geöffnet hat, schaut sie aufmunternd an, und sie nickt.

»Guten Morgen, liebe Hörerinnen und Hörer. Zuerst und vor allem wünsche ich Ihnen einen fröhlichen Faschingsdienstag.«

Das Kind hat einen Wecker. Es hat ihn abends aufgezogen. Der Wecker klingelt um halb sieben. Er steht neben dem Bett. Am Kopfende. Das Kind haut ihn von oben. Der Wecker fällt um und klingelt weiter.

Das Kind stützt sich auf und knipst die Nachttischlampe an. Jetzt verstummt der Wecker. Das Kind zieht sein

Frühstück zu sich heran. Ein Suppenteller, bedeckt mit einem zweiten Suppenteller, der die am Abend geschmierten Brote frisch hält. Die rechte Hand des Kindes greift nach einem Brot, während die linke bereits ein Buch aufgeschlagen hat. *Grimms Märchen*. Kleine Buchstapel sind am Bettrand verteilt. Lisa Tetzner: *Erwin und Paul*, Agnes Sapper: *Die Familie Pfäffling*, Waldemar Bonsels: *Die Biene Maja*, von Svend Fleuron: *Tyss und Tuff*, die Geschichte von den Kreuzottern, aber auch vier Bände Schiller, die griechischen Heldensagen von Gustav Schwab, die *Bibel* und das *Evangelische Gesangbuch*. Das Kind liest bis zur letzten Sekunde, die der Wecker erlaubt, wäscht sich mit kaltem Wasser in der kalten Küche, zieht sich an und schlüpft in die Schlaufen aus Paketschnur, die den Schulranzen tragbar machen. Der Ranzen ist aus Pappe, mit einer dünnen Wachstuchhaut bezogen. Das Kind verlässt das Haus und geht zur Straßenbahn-Endstation Doggenburg. Es besteigt den dort wartenden Triebwagen und haucht kleine Löcher in das Eis auf den Scheiben, damit es, trotz der Dunkelheit draußen, so viel wie möglich sehen kann.

Die Mutter hat die Ansagen der frühen Morgenstunden hinter sich. Sie geht in die Kantine und trinkt einen Kaffee. Nach und nach kommen Kollegen, der Raum füllt sich. Faschingsdienstag, denkt sie, und sie wird nicht zu Hause sein. Um vierzehn Uhr beginnt schon die Hörspielproduktion. Das geht bis abends, ja, bis in die Nacht. Dieses Hörspiel gehört schon zu denen, die mithilfe einer Bandmaschine aufgezeichnet werden, nachdem bisher fast alles live gesendet wurde.

Das Kind wird allein sein, wie meistens. Die Mutter weiß, dass die Kinder heute böse kleine Horden bilden, verkleidet und schreiend durch die Straßen rennen, an Türen klopfen, schellen, Dreck in die Briefkästen werfen und dann – auf der

Flucht – in die Straßenbahn einsteigen und an der nächsten Station wieder hinaus, ohne zu bezahlen, unter dem gespielten Geschimpfe vom Schaffner, und sie weiß, dass das alles großartig ist. Aber sie weiß auch, dass das Kind in der Wohnung bleiben und aus dem Fenster schauen und die anderen Kinder beobachten wird. Es wird wohl dann sein Bett besteigen und die Puppen Joujou und Fleur mit an Bord nehmen und ein Buch und das Milchkännchen und die Zuckerdose aus Silber, damit es an jenen fernen Stränden etwas zu tauschen hat. Das Kind würde die ganze Welt bereisen. Aber, das weiß die Mutter, an diesem Tag gehört es nicht zu muschelgeschmückten Insulanern, sondern auf die kalte Straße zu kleinen schwäbischen Barbaren, denen der eiskalte Rotz im bemalten Gesicht trocknet.

Das Kind hat eine eigenartige Schule. Nach dem Krieg wurden erst die größeren Kinder eingeschult und für das Kind war kein Platz. Die Mutter brachte das Kind zu einer pensionierten Lehrerin, und die unterrichtet nun das Kind. Als das Kind noch kleiner war und der Tisch zu hoch für die Schreibhand, nahm die Lehrerin es einfach auf den Schoß. Ohne Mühe bewältigt das Kind den Unterrichtsstoff der Grundschule in zwei Stunden, die es keineswegs täglich bekommt. Die Lehrerin kann ihr ganzes, in einem langen Lehrerinnenleben angesammeltes Wissen dieser einen kleinen Person einträufeln. Das hat eine starke und beschleunigende Wirkung.

Die Lehrerin hat eine seltsame gelbe Substanz in einem ihrer Mundwinkel und zwar immer. Das ist ein bisschen eklig. Aber sie ist lieb, und das Kind kennt keine Furcht. Seit Neustem lernt es auch bei ihr das Spielen auf der Blockflöte. Wenn die Lehrerin etwas auf der Flöte vormacht, achtet das Kind besorgt darauf, dass die gelbe Substanz nicht die Flöte berührt.

Nach der Schule geht das Kind zum Zahnarzt. Die Mutter hat gehört, wie es nachts mit den Zähnen knirscht. Das soll es dem Zahnarzt erzählen.

»Oje«, sagt der Zahnarzt. «Wenn d' so weitermachsch, hosch mit dreißig Joahr koin gotzige Zahn meh im Maul.« Das Kind fragt, wie es mit dem Zähneknirschen aufhören soll. »Es muss dich halt ebber wecke«, sagt der Zahnarzt. »Vielleicht kommts ja von denne viele Bombe, die auf ons nonterghagelt sent. Do ka mr scho emol mit de Zähn knirsche.«

»Die Bomben haben wir verdient«, sagt das Kind. Denn so hat es die Mutter ihr erklärt. Der Zahnarzt schweigt dazu und füllt noch ein kleines Loch im Zahn und entlässt das Kind.

In der Straßenbahn singt das Kind leise die Fensterscheibe an. Es singt immer die Lieder aus dem Gesangbuch, denn es geht jeden Sonntag in die Kirche. Freiwillig, niemand schickt es. Es geht in den Erwachsenengottesdienst. Es hört der Predigt zu, und wenn es die Predigt nicht versteht, denkt es sich Geschichten aus. Oder es lernt die Lieder auswendig.

Einmal steht auf dem Weg zur Kirche ein Mann am Waldrand. Er trägt eine dunkle Brille und einen dunklen Mantel, den er ein Stück weit geöffnet hat. Darunter ist er nackt. Sein Gesicht ist bleich und angespannt. Das weiße, angstvolle Gesicht ist schlimmer als alles, was da sonst zu sehen ist, obwohl auch die Geschlechtsorgane bleich wie gekochter Sellerie gegen die geöffnete heruntergerutschte dunkle Hose abstechen.

Eine Zeit lang geht das Kind nicht mehr in die Kirche. Aber es vermisst die Kirchenbesuche zu sehr. Am Sonntag Quasimodogeniti nimmt es die Gewohnheit wieder auf. Der Name, so scheint ihm, sei ein Zauberwort, das alles Düstere bannt.

Das Kind in der Straßenbahn singt alle dreizehn Verse von »Befiel du deine Wege«, und eine fremde Frau hört ihr zu und schenkt ihr Lebensmittelmarken.

»Gibs dr Mutter, sie soll dr ebbes guets koche, du bisch so arg mager.«

Die Mutter trifft Lenny, den amerikanischen Kulturoffizier. Dabei kommt eine Lucky Strike heraus. Dann setzt sie sich vor den Studios in einen Sessel und vertieft sich in ihr Manuskript. Sie hat eine schöne Rolle, aber sie ist so schrecklich müde, dass die violetten Buchstaben des Matritzenabzugs vor ihren Augen verschwimmen und schließlich erlöschen, weil sie nämlich eingeschlafen ist.

Das Kind kommt nach Hause. Es holt sich den Quark mit Apfelstückchen, den die Mutter vorbereitet hat. Es isst und liest. Es war draußen schon zu spüren, dass Fastnacht ist. Das Kind beschließt, seine Puppen zu verkleiden. Das macht Spaß. Aber noch lieber möchte es sich selbst verkleiden. Und auf die Straße gehen. Aber es hat Angst vor den anderen Kindern. Hexe, Hure, haben sie es schon beschimpft. Es steht am Fenster und lässt die Puppen herausschauen. Die Kinder sammeln sich. Gleich werden sie zur Straßenbahn-Endstation rennen. Sich verkleiden, wie schön! Sich zu jemand anderem machen! Niemand soll es mehr erkennen, keiner beschimpfen, verkleidet sein ist wie verzaubert sein.

Im Funkhaus ergibt sich um siebzehn Uhr ein technischer Defekt. Die Produktion wird abgebrochen. »Ganget hoim, mr machet morge weiter. Oje, des gibt en lange Tag ond e lange Nacht.« Die Mutter ergreift ihre Tasche, das Weißbrot hat sie schon verstaut, läuft zur Straßenbahn, springt in den anfahrenden Wagen.

Die Mutter kommt nach Hause, das Kind sitzt im Dunkeln. Die Mutter knipst das Licht an. Das Kind freut sich. »Wieso bist du schon da?« »Eine technische Panne!« Das Kind sagt: »Ich habe die Puppen verkleidet. Fleur als Araber und Joujou als Gespenst. Die Kinder draußen waren auch alle verkleidet, als Cowboys und als Zigeunerin. Sie haben tausendmal bei uns geklingelt und sind dann weggerannt.«

Die Mutter zieht die Stiefel aus und wird geschäftig. »Ja, es ist noch Peanut-Butter da, das ist gut! Ich habe Weißbrot … mit Peanut-Butter drauf schmeckt das so gut wie Fasnetsküechle.«

Das Kind sagt: »Ich möchte mich verkleiden!« Es steigt in die Seehundstiefel seiner Mutter, macht ein paar Schritte und beginnt plötzlich zu galoppieren. Die Mutter kommt rein mit geschmierten Broten und Saft. Sie betrachtet das Kind. Dann sagt sie: »Pan! Kennst du Pan?« Sie stellt ihr Tablett auf den Tisch. Dann sagt sie: »Setz dich mal und iss!« Das Kind gehorcht. Die Mutter denkt nach. »Warte mal. Hermes war der Götterbote bei den alten Griechen. Weißt du, was das ist?«

»Ja, das weiß ich«, sagt das Kind mit vollem Mund. »So was wie ein Briefträger, nur eben für die im Himmel.«

»Richtig. Als er mal wieder die Post verteilte, traf er im Wald eine Quellnymphe. So eine Art Elfe, oder Fee. Die war sehr schön. Er verliebte sich in sie und sie sich in ihn. Sie bekamen einen Sohn, den nannten sie Pan. Der war niedlich, er hatte nur ein Problem, er hatte Bocksfüße. Also Beine wie eine kleine Ziege. Deshalb machten sie ihn, als er groß war, zum Hirtengott. Weißt du das auch?« Das Kind schüttelt den Kopf. Jemand, der die *Griechischen Heldensagen* neben dem Bett liegen hat, weiß schon, dass Pan der Hirtengott ist. Aber es ist so schön, wenn die Mutti erzählt. Da kann man sein Wissen auch mal verschweigen.

Die Mutter fährt fort: »Er spielte auch wunderschön Flöte und bewachte damit seine Herde. Aber einmal spielte er schrecklich falsch und laut und quietschig, und da rannte die Herde erschrocken davon. Das nannte man dann Panischen Schrecken. Dann spielte er wieder schön, und die Schafe und die Ziegen beruhigten sich und kamen zu ihm zurück.« Das Kind isst und trinkt. Die Mutter wirft einen halben Eimer Koks in den Kanonenofen.

»Hol mal deine Blockflöte«, sagt sie. »Und dann zieh dich aus und setz dich aufs Sofa. Es wird gleich ganz warm.«

Das Kind holt seine Flöte und zieht sich aus. Die Mutter umwickelt seine Hüften mit einem blauen Chiffontuch. »Die Stiefel lässt du an, das sind deine Bocksfüße. Setz dich hin mit gekreuzten Beinen und spiel Flöte. Du bist jetzt Pan, bewache deine Herde!«

Der Kanonenofen beginnt, rot zu glühen. Die Mutter deckt den Tisch ab.

Das Kind ist nackt, und die Sonne Griechenlands wärmt seinen Rücken. Es beobachtet seine Ziegen. Sie steigen in gefährliche Höhen. Es muss eine beruhigende Melodie spielen. Allein Gott in der Höh sei Ehr.

Nach einer Weile will es aber auch Panik verbreiten. Ein Sturm soll blasen, Wasserfälle den Berg herabstürzen, die Herde in Staub gehüllt mit donnerndem Getrampel ins Tal rasen, Brücken sollen zerbrechen und Schutzhütten in Trümmern durch die Luft wirbeln. Das Kind bearbeitet die Flöte wie verrückt. Es ist Pan, es ist ein griechischer Gott und wenn es will, kann es sogar fliegen. Es ist tausendmal stärker als jeder Cowboy und jede Prinzessin. Als es die Herde ganz aus den Augen verloren hat, beschließt es, sie zurückzuholen. Es legt sich zufrieden auf das Sofakissen und spielt feierlich wie ein Posaunenchor OH, DU FRÖHLICHE.

Die Frau mit den drei Händen

Das Kind ist ein Mädchen. Es heißt Jessica.

Fastnacht ist jetzt schon wieder eine Weile her. Die Bäume sind noch schwarz, aber Jessica sagt zu ihrer Mutter, morgens haben draußen schon die Vögel gequietscht. So hört es sich an. Die braungraue Wiese im Garten hat einen grünen Schimmer.

Jessica hat zu Weihnachten Stelzen bekommen. Sie kann sie jetzt schon draußen ausprobieren.

Aber heute regnet es. Aus Kübeln, wie die Leute sagen.

Jessica sitzt auf ihrem Bett. Heute ist ihr schulfreier Tag.

Jessica wünscht sich schon sehr lange und sehr stark ein Tier. Und sie wünscht sich ein sehr starkes Tier. Aber die Mutter sagt, sie kann kein Tier haben, weil da doch der Hund ist, und wenn schon, muss sie sich eines ausdenken.

Der Hund gehört der Hausbesitzerin. Er ist groß. Er hat seinen Schlafplatz da, wo die Toilette ist, und man muss über ihn steigen, wenn man aufs Klo will. Es ist ein Schäferhund. Er knurrt leise und zieht seine Lippe hoch, man kann seine Eckzähne sehen, und es ist unheimlich.

Jessica denkt, dass sie vielleicht doch lieber ein kleines Tier haben möchte. Sie denkt sich ein Meerschweinchen aus.

Sie hat schon einmal ein Meerschweinchen gesehen.

Dieses Meerschweinchen kann springen. Es gehört einer amerikanischen Familie. Es gibt viele Amerikaner in der Stadt. Die Mutti sagt, die Amerikaner sind die Besatzungsmacht. Sie sagt aber auch: Sie sind unsere Befreier. Die Amerikaner sind nett. Die Mutti kann ihre Sprache und hilft ihnen manchmal, wenn sie nicht alles verstehen. Zur Belohnung dürfen die Mutti und sie in der Badewanne baden, die den Amerikanern gehört. Zu Hause haben sie keine Badewanne. Wenn sie dann sauber sind, werden sie zum Tee eingeladen und bekommen einen Donut. Das schmeckt unglaublich gut. Und da hat sie das Meerschweinchen gesehen. Es sprang über seinen Fressnapf. Alle bestaunten es und sagten, das sei sehr ungewöhnlich.

»Was ist das, Besatzungsmacht?«, fragt Jessica. Und Jessicas Mutter sagt: »Du weißt, wir hatten Krieg. Deutschland hat den Krieg angefangen und ihn schließlich verloren. Die Sieger sind die Russen, die Engländer, die Franzosen und die Amerikaner, und sie haben Deutschland in vier ›Besatzungszonen‹ aufgeteilt. Hier dürfen sie jetzt bestimmen, wie die Menschen zu leben haben. Deshalb nennt man sie ›Besatzungsmacht‹. Viele Menschen, und ich auch, sind aber so froh, dass der Krieg vorbei ist und dass diejenigen, die Deutschland vorher regiert haben, tot oder im Gefängnis sind, dass wir die ›Besatzungsmacht‹ als Befreiungsmacht empfinden.«

Jessica baut einen Parcours auf ihrem Bett. Aus Büchern. Sie nimmt *Gretchen Reinwalds erstes Schuljahr*, das *Evangelische Gesangbuch* und *Peterchens Mondfahrt*. Dann findet das Turnier statt.

Das ausgedachte Meerschweinchen von Jessica, das Tarzan heißt, springt höher als alle anderen Meerschweinchen und gewinnt und bekommt einen Pokal. Der Pokal ist Jessicas silbernes Milchkännchen. Jessica hat ein silbernes Milchkännchen und eine silberne Zuckerdose zur Taufe bekommen. Sie darf damit spielen. Das tut sie auch, aber es ist außerdem ihre Sparkasse. In der Zuckerdose ist ihr ganzes Geld. Und Geld hat sie wie Heu.

Jetzt holt Jessica aus der Küche eine Mohrrübe und Haferflocken und teilt sich das mit Tarzan.

Es wird schon ein bisschen dunkel draußen, und es sieht so aus, als ob es aufgehört hätte zu regnen. Jessica überlegt, dass ihre Mutter jetzt bald nach Hause kommt und dass sie an der Straßenbahnhaltestelle auf sie warten kann. Sie zieht ihre Schuhe und ihren Mantel an und nimmt die Stelzen.

Draußen steigt sie auf die Stelzen, und weil der Gehweg nass ist, geht sie langsam und vorsichtig. Sie will in diesem Sommer viel üben, sie will den Jäger lernen. Beim Jäger muss man auf einer Stelze balancieren und die andere Stelze über die Schulter legen und dann zählen, wie lange man auf einer Stelze stehen kann, erst bis zwei und dann bis drei und, wenn es geht, bis vier und so immer weiter. Und wenn es geht, noch mehr. Und sie will rückwärtslaufen lernen, und sie will sehr schnell werden.

Jessica übt ein bisschen droben beim Wartehäuschen und setzt sich dann hinein. Ein Mann sitzt auf der Bank. Er sitzt da schon eine Weile.

Er hätte in die Straßenbahn einsteigen können, es waren schon zwei da, und beide haben mindestens fünf Minuten Pause gemacht, es ist die Endstation vom Siebener, die Doggenburg.

Es ist jetzt dunkel, sie sieht den Mann kaum noch. Er bewegt sich nicht.

Nach einer Weile sagt er:

»Isch des net a bissle schpät für di?«

»Nein«, sagt Jessica hochmütig.

Der Mann bewegt sich. Er rückt ein Stück näher.

»Du bisch ja a goldigs Mädle. So scheene Zöpfle.«

Jessica schweigt. Es stimmt, sie hat heute Zöpfle. Manchmal flicht sie sich welche, manchmal nicht. Die Haare sind gerade so lang, dass es zweimal übers Kreuz reicht.

Der Mann rückt noch näher.

»Magsch en Schokolad?«

Schokolade?

Jessica hat noch nicht viel Schokolade gegessen. Obwohl ihr Leben nun schon mehr als neun Jahre dauert. Erst gab's den Krieg und dann die Nachkriegszeit. Schokolade ist etwas für den Frieden. Bei den Amerikanern hat sie einmal Schokolade bekommen. Die Schokolade heißt Hershey's und war eingepackt in dunkelrotes, leicht glänzendes Papier, die Schrift silbern. Jessica hat das Papier schön gefaltet und aufgehoben. Die Schokolade selbst war ein bisschen gewölbt, und geröstete Mandeln waren in ihr verteilt. So müssen Nektar und Ambrosia geschmeckt haben. Das war das Essen der Götter, das weiß sie aus den *Griechischen Heldensagen* von Gustav Schwab, ganz oben auf dem Bücherstapel neben ihrem Bett.

Schokolade, wie sie schmeckt, wenn sie schmilzt … dass die Spucke es noch stundenlang im Gedächtnis behält …

»Kommsch mit zu mir hoim, i wohn glei dahinte in dr Gustav-Siegle-Strass, na geb i dir en Schokolad.«

Aber ein weiteres Buch liegt auf dem Stapel, gleich als zweites, und sie hat heute Morgen darin gelesen. Da kommen zwei ausgehungerte Kinder an ein Häuschen aus Lebkuchen und knabbern daran, und man kann aus dem Häuschen eine Stimme hören, die sagt: Knusper knusper Knäuschen, wer knuspert an meinem Häuschen … Jessica hat diese Geschichte auch im Theater gesehen. Es war eine Oper. Die Hexe flog über die ganze Bühne und wieder zurück und sang, und man konnte an der Stimme hören, sie war ein Mann. Ja, sagt die Mutti in der Pause, das ist ein Mann, das ist der Hubert Buchta, hat er doch gut gemacht, oder? Denn Jessica weiß schon, dass Theater von Menschen gespielt wird und nicht die Wirklichkeit ist. Das hier aber ist die Wirklichkeit. Und diese Hexe ist ein Mann. Dieser Mann ist eine Hexe.

Jessica schaut sich um. Es ist sehr dunkel jetzt, es gibt kaum Laternen.

Sie sieht keinen Menschen. Sie hört auch keine Straßenbahn. Die Straßenbahnführer und die Schaffner kennt sie fast alle, sie würden ihr sicher helfen. Aber sie sind nicht da, sie ist allein mit dem Mann.

Der sitzt jetzt eng neben ihr, sein Atem ist auf ihrer Wange und riecht abscheulich. Vor Schreck hält Jessica die Luft an. Aber dann steht sie auf. Und steht nicht nur auf, sie steht auf und steigt auf ihre Stelzen. Sie denkt, das ist hier im Fast-Dunkeln die Überraschung. Denn jetzt ist sie plötzlich GROSS. Und sie dreht sich um, schreitet aus dem Wartehäuschen, überquert die Schienen und die Straße, betritt den Gehweg und stakt die Straße bergab. Sie denkt, sie ist ein bisschen näher am Himmel. Und deshalb fühlt sie sich beschützt. Sie freut sich, dass sie tapfer war. Ihr Herz klopft, und sie ekelt sich, wenn sie an den Mann denkt. Aber bald kommt die Mutti, sie muss es ihr nicht erzählen, es ist dann von selber alles gut.

Später am Abend fühlt sich Jessica ein bisschen krank.

Die Mutter liest ihr vor. *Moby Dick*, die Geschichte vom weißen Wal.

Sie wird diese Geschichte demnächst im Amerikahaus lesen, um Geld zu verdienen. Sie muss sie zur Übung oft laut lesen, damit sie sich nicht verspricht und damit es wie ein Theaterstück klingt.

Sie liest die Stelle, wo der weiße Wal seine Nähe nicht durch ruhiges gleichmäßiges Blasen ankündigt und wo das Wasser durch den geheimnisvollen Springbrunnen aus seinem Haupt hochsteigt, nein, es ist noch viel wunderbarer, so heißt es im Buch: Der weiße Wal springt!

»Da SPRINGT ER – SPRINGT – ER!«, ruft sie mit ihrer schönen bebenden Schauspielerinnenstimme, und Jessica läuft eine Gänsehaut über den Rücken. Aber die Mutti ist ja da, da hat sie keine Angst, da kann Moby Dick das ganze Zimmer ausfüllen bei seinen Sprüngen, und aus seinen Nasenlöchern kann es spritzen wie aus der Dusche im amerikanischen Badezimmer, Jessica denkt nur, was für ein starkes, großes Tier Moby Dick ist, und wie er einen beschützen könnte, wenn man ihn zum Freund hätte. Und das ist ein Gedanke, bei dem man gut einschlafen kann.

Beim Aufwachen am anderen Morgen findet Jessica einen Zettel an ihrem Bett: Wenn es dir noch nicht gut geht, bleib einfach liegen!

Jessica schaut aus dem Fenster. Es regnet wieder. Sie beschließt, dass es ihr nicht gut geht. Sie schaut unter den umgekehrten Suppenteller, aha, Bauernbrot mit Wurst, fein, und daneben ein Einmachglas mit Sauerkirschen gegen den Durst. Proviant ist also da.

Jessica verschränkt die Arme hinter ihrem Kopf und überlegt, was sie jetzt machen will.

Tarzan und sie könnten verreisen. Sie könnten in Gedanken verreisen. Sie könnten zur Insel Piccadilly fahren und dort ein Picknick machen.

Piccadilly gibt es wirklich. Piccadilly ist eine Insel im Bodensee. Diese Insel gibt es nur im Winter. Sie liegt vor dem Strand. Hinter dem Strand wohnt ihre Großmutter Leni. Die Großmutter Leni ist die Strenge Großmutter. Sie kann ein bisschen zaubern. Sie holt einfach alles, was auf der Wiese wächst, in die Küche, Sauerampfer, junge Brennnesseln, jungen Löwenzahn, Salbei, Zitronenmelisse, Giersch, Schnittlauch, und kocht Suppe daraus. Und diese Suppe schmeckt! Sie stellt Milch in kleinen Schüsseln auf die Fensterbank, und nach einem Tag ist die Milch steif geworden und wird mit Zucker und Zimt bestreut und gegessen und schmeckt auch! Sie kocht Honig aus Tannenspitzen. Wenn abends die Hühner auf dem Apfelbaum sitzen, klatscht sie einfach in die Hände, und die Hühner kommen runter vom Baum und gehen der Reihe nach hinter der Großmutter her in den Schuppen. Sie kann auch wunderschöne Figuren aus Wachs machen und schaut mit Jessica fromme Bilder an in großen alten Büchern.

Einmal hat Jessica Besuch von Jungens aus der Nachbarschaft.

Die Jungens langweilen sich und holen irgendwann ihren kleinen Penis aus der Hose und pinkeln der Reihe nach auf den einzigen Liegestuhl der Großmutter, der da auf der Terrasse steht. Jessica betrachtet die schönen goldgelben Bögen, die die Buben erzeugen und sich überkreuzen lassen und will mithalten. Sie hebt gerade ihren Rock, um ihrerseits zu pinkeln, da steht die Großmutter in der Tür. Sie ist so zornig wie der Engel vor dem Paradies auf einem der Bilder, die sie Jessica gezeigt hat.

Die Jungen verschwinden sofort. Jessica schämt sich ganz furchtbar. Weil ihr das jetzt wieder einfällt, denkt sie, dass sie doch lieber nicht die Insel Piccadilly besucht, obwohl es da so tollen Bodensee-Ton gibt und man damit Figuren kneten kann, sie will nicht mal in Gedanken dort hinfahren, wo sie sich so schämen muss.

Aber sie kann in die entgegengesetzte Richtung verreisen. In Gedanken.

Sie könnte also mit Tarzan an der Leine mit der Eisenbahn in Richtung Nordsee fahren. Dorthin, wo die anderen Großeltern wohnen. Sie würde in Niebüll umsteigen in die Kleinbahn, die auf schmaleren Schienen fährt als die richtige Eisenbahn, bis Blocksberg. Dort würde sie mit der Pferdekutsche abgeholt werden.

Sie steigt in die Pferdekutsche, und der Knecht Adolf macht sorgfältig die lederne Decke mit der Lasche am Haken fest, damit sie es warm haben, sie und Tarzan, es ist da oben kälter als hier, ungefähr wie am Nordpol. Das vermutet Jessica, denn es ist ja noch fast Winter, und es heißt Nordsee und da ist der Nordpol ja nicht mehr weit.

Nebel liegt über dem flachen Marschland, darauf schwimmen Köpfe und Schultern von Kühen, wollige Rücken von Schafen und Pferdekörper, von denen man die Stummel von Beinen sieht wie bei den Kriegsheimkehrern.

Das kann Jessica alles vor sich sehen, denn hier auf dem Bauernhof ihrer anderen Großeltern verbringt sie jeden Sommer, solange sie zurückdenken kann. Es macht nichts, wenn sie dann nicht zur Schule geht, ihr Großvater kann Jessica unterrichten.

Bei ihm muss sie morgens zuerst die Nase ausschnauben, je ein Nasenloch zugedrückt, und dann wird gelernt, vorwiegend aus dem Atlas, der Großvater ist ein weit gereister Mann. Später zeichnet sie mit Bleistift kleine Schiffchen auf die großen blauen Flächen der Weltmeere, irgendwie muss man ja da hinkommen zur Hauptstadt von Paraguay.

In der Schreibtischschublade ihres Großvaters findet sie Geld in Millionenhöhe. Der Großvater sagt, dass man in der Zeit, in der es gegolten hat, dafür gerade mal ein Brot kaufen konnte.

Die Schwestern

Mittags kommen die vier Töchter des Hofverwalters aus der Schule. Hanna ist die Älteste, sie ist elf, Nita ist neun, Elke ist sieben, Karla ist fünf.

Jessica erklärt ihnen, dass sie ihre fünfte Schwester ist.

Sie beschließen, dass sie eine ausgebombte Artistenfamilie sind, und gründen einen Zirkus. »Ausgebombt sein« muss Jessica den Schwestern erklären. Ausgebombt sein bedeutet, dass eine Bombe das Haus zerstört hat, in dem man vorher wohnte. Sie sitzen auf der Veranda ihrer Großmutter, wenn es regnet, und nähen aus Stoffresten Kleider für ihre armen obdachlosen Kinder. Die Kinder sind sehr klein, etwa zehn Zentimeter lang, sie haben sie aus schon gesponnener Schafwolle selbst gemacht, aus der Schafwolle, die die hiesige, die Liebe Großmutter, in zopfartigen Gebilden in einer Truhe aufbewahrt. Die Kinder sind weich und biegsam und beweglich und für den Zirkus als Nachwuchs sehr geeignet.

Wenn es aufhört zu regnen, setzen sie sich an die Gräben, die das Marschland teilen, und flechten Zöpfe aus Binsen. Sie spannen sie zwischen Stöcke, sodass die Kinder Seiltanzen üben können. Über die Gräben kann man springen, dafür gibt es einen langen, kräftigen Stock, den man am anderen Ufer vom Graben in den Boden steckt und sich dann mit ihm über den Graben schwingt, wie Stabhochsprung. Aber wenn man es nicht schafft, rutscht man an dem Stock entlang runter und bleibt im Schlamm stecken. Man ist schwarz bis an die Knie, wenn man herauskommt, und muss zur Kuhle laufen, aus der die Kühe trinken, und sich waschen. In der Kuhle gibt es viele Blutegel in Krokodilsgröße, so heißt es. Die Kinder werden in Zinkschüsseln gesetzt und fahren über die Kuhle nach Paraguay und fangen ein neues Leben an. Mit dem Schlamm kann man sich auch gut ein gruseliges Gesicht malen und die jüngste Schwester erschrecken. Und dann auch gleich eine Clownsnummer einüben.

Die Schwestern sind natürlich verheiratet, sonst hätten sie ja keine Kinder. Aber die Männer sind nicht tüchtig, sie vertrinken das Geld, das der Zirkus einnimmt, in der Gaststätte Blocksberg mit Teepunsch aus Tee und geele Köm.

Dort auf dem Hof hat Jessica ein eigenes Schaf. Sie muss es melken, an jedem Abend, an dem sie hier ist. Schafe melkt man von hinten. Mit dem Gesicht im wolligen Po.

So riecht ein Schaf. Absolut unbeschreiblich. Obwohl man ihn also nicht beschreiben kann, erkennt man den Geruch sofort. Man vergisst ihn nicht und wenn man so alt würde wie Tante Ingeburg aus Lindholm, von der sie gerade den hundertsten Geburtstag gefeiert haben.

Zu Tante Ingeburgs Geburtstag fahren sie mit der Pferdekutsche, das Pferd wird ausgespannt und darf weiden, denn es gibt so viel Kuchen, dass sie einen halben Tag brauchen, um ihn aufzuessen. Es ist seltsam, dass es in diesen Zeiten hier so viel Kuchen gibt, wo doch fast alle Menschen Hunger leiden. Aber es haben eben alle Besucher welchen mitgebracht, und es sind alles Bauern, die noch Eier haben von den Hühnern und Milch und Sahne von den Kühen und Honig von den Bienen und Mehl vom letzten Jahr, und so konnten sie Kuchen backen und Cremetorte und Bienenstich und den Tisch damit vollstellen, denn, sagen sie, hundert Jahre wird man nur einmal im Leben.

Aus der Schafsmilch wird Schafskäse gemacht. Er reift im Hühnerhof unter einem langen Brett mit einem Stein beschwert. Man isst ihn auf Rundstücken, wie sie hier sagen. Auch diesen Geschmack vergisst man nicht.

Das meiste Geld im Zirkus wird mit der Tierschau eingenommen, wo die Gäste außer den Giraffen, Löwen, Tigern und Elefanten auch den Hofhund Caesar betrachten können und jeden Tag um sechzehn Uhr seinen Kampf mit dem Gänserich. Es klappt nicht immer ganz genau mit der Uhrzeit, aber stattfinden tut der Kampf täglich, und er geht immer unentschieden aus.

Caesar darf nachts in ihrem Zimmer schlafen, am Fußende ihres Betts, und dann ist Jessica endgültig in Sicherheit.

So fährt Jessica also auch heute in Gedanken auf den Hof und legt sich neben Caesar in die Hundehütte und vertrödelt den Tag, während die Schwestern in ihren schönsten roten Kleidern, die aus alten Hakenkreuzfahnen genäht sind, auf dem Schulfest sind.

Jessica isst Sauerkirschen aus dem Glas und fragt sich, warum sie die Schwestern nicht einfach hierherholt. In Gedanken.

Und schon kommen sie im Gänsemarsch zur Tür herein und setzen sich aufs Bett und bekommen Sauerkirschen und Wurstbrot, denn sie sind gänzlich abgebrannt, weil die Ehemänner mal wieder alles Geld vertrunken und verspielt haben beim Doppelkopf und jetzt sehr still sind, genau genommen sagen sie gar nichts.

Jessica plant sofort die Wiederaufnahme des Zirkus.

»Hanna, du bist der Direktor. Du sitzt an der Kasse und passt auf das Geld auf. Du gibst niemand mehr einen Pfennig. Und schon gar nicht den Männern. Und du machst die Raubtiernummer, die macht immer der Direktor. Anita, du bist zu steif für das Hochseil. Aber weißt du, wofür steif gut ist? Um dich ringelt sich die Pythonschlange! Und als Höhepunkt machst du ihr einen Knoten in den Schwanz. Elke und Karla sind Akrobaten. Rad und Handstand und Rückwärts-Purzelbaum könnt ihr doch. Müsst ihr schön gleichzeitig machen.

Und ich bin der Clown.«

Jessica bestimmt, dass jetzt gleich eine Probe stattfindet.

Sie stellt einen Stuhl mitten ins Zimmer und setzt sich drauf.

Sie beginnt: »Hört mir mal alle zu! Ich kenne eine Frau, die hat drei Arme und deswegen hat sie auch drei Hände.

Auf dem einen Arm hält sie das Baby, mit der zweiten Hand hält sie die Pfanne mit den Spiegeleiern, und mit der dritten Hand dreht sie am Radio und sucht Jazzmusik.

So, jetzt müsst ihr lachen!

Danke.

Jetzt mache ich ein Kunststück. Also, ihr könnt ja alle Purzelbaum. Ich kann auch Purzelbaum.

Aber: Könnt ihr auch Purzelbaum auf einem Stuhl machen?

Ich habe es noch nie ausprobiert. Heute werden wir das Experiment machen. Experiment ist, wenn man was ausprobiert, was vorher noch niemand ausprobiert hat.

Die Frau mit den drei Armen ist übrigens Straßenbahnschaffnerin. Sie steckt mit der einen Hand das Geld in den Behälter auf ihrem Bauch, wo sie alles drin hat, in dem Behälter, meine ich, nicht im Bauch, jetzt müsst ihr lachen, danke, sie zieht mit der zweiten Hand den Fahrschein raus aus dem Behälter, und mit der dritten Hand zieht sie einen Jungen am Ohr vom Sitz hoch, weil der nicht aufgestanden ist für die Frau mit dem Krückstock.«

Jessica stellt sich auf den Stuhl und beugt sich ganz weit vor, nimmt den Kopf zwischen die Beine und legt die Schultern und den Nacken auf den Sitz, dann unterbricht sie wieder. Sie hockt sich auf den Stuhl und schlingt die Arme um die Knie.

»Bevor wir das Experiment weitermachen, muss ich euch noch was von der Frau mit den drei Armen erzählen. Die Frau arbeitet auch gerne im Garten.

Mit der einen Hand zieht sie Radieschen aus der Erde, mit der zweiten Hand verscheucht sie die Mücken und in der dritten hat sie eine Zigarette. Da kommt ihr Mann aus dem Haus und schimpft mit ihr: Warum hast du den Stall noch nicht ausgemistet?

Sie antwortet: Hetz mich nicht so, ich schaffe das alles nicht mehr, I've only got three hands.

Ihr könnt lachen.«

Sie lachen wirklich und klatschen heftig. Jessica erschrickt.

Der Besuch

Das Licht geht an und da stehen Leute. Jessica hat gar nicht gemerkt, dass es so dunkel ist. Regen halt. Und dicke Samtvorhänge noch von der Großmutter der Hausbesitzerin. Die Mutti ist früher nach Hause gekommen. Darüber freut sich Jessica. Aber sie hat Besuch mitgebracht, und das ist Jessica peinlich, denn sie weiß nicht, wie lange die da schon gestanden haben.

Die Mutti sagt:

»Jessica, deck bitte Suppenteller, vier, ich habe Linsensuppe in der Kantine geschenkt bekommen, sie ist nicht alle geworden, und Weißbrot, Löffel nicht vergessen, ich mach die Suppe noch mal warm.«

»Und ich«, sagt der eine Besucher, »habe gestern in Mundelsheim Omas Perserbrücke gegen einige Flaschen Rotwein eingetauscht: Also, Jessica, Gläser nicht vergessen! Vier! So eine gute Schauspielerin kriegt auch einen Schluck.«

Jessica schaut den Sprecher kurz an. Es ist ein junger Mann, der nett lächelt und sehr hellgrüne Augen hat. Wie eine Katze. Ob sie leuchten, wenn ich jetzt das Licht ausmachen würde?, denkt Jessica. Dann deckt sie den Tisch.

»I've only got three hands«, sagt jetzt die dritte Person mit tiefer Stimme.

Es ist eine große dünne Frau – alle Frauen sind dünn gegenwärtig, und die Männer auch, es ist eigentlich nichts

Besonderes, aber vielleicht fällt es einem auf, weil sie so groß ist und ein schwarzes Kleid trägt, das um sie gewickelt ist wie ein Verband. Dazu trägt sie einen schwarzen Turban, und darunter kommen schwarze Locken hervor. Ihr Nasenrücken ist rasiermesserscharf, ihre Lippen sind dunkellila angemalt, genauso ihre Fingernägel. Sie sieht ein bisschen aus wie aus *Tausendundeine Nacht*. Sie sitzt jetzt schon auf einem Sessel, den sie an den Tisch gezogen hat, und raucht aus einer Zigarettenspitze.

»Wo hat sie das her?«

Die Mutti stellt die Linsensuppe auf den Tisch, dann sucht sie ein bisschen im Bücherregal und reicht der Frau ein Buch, aufgeschlagen.

»Jessicas Lieblingswitz.«

»Charles Addams«, sagt der junge Mann nach einem Blick. »Großer Künstler, finde ich auch. Grandios, die Hexenfamilie, stimmt's, Jessica?«

Jessica nickt.

Die Frau betrachtet das Bild. Man sieht darauf eine schlecht gelaunte Frau mit einem Baby auf dem Arm, einer Bratpfanne in der anderen Hand und einem Bratenwender in der dritten. Ein behaarter Mann im Unterhemd trinkt Kaffee, das Bügeleisen verbrennt gerade die Wäsche auf dem Bügelbrett, und der Frau wird alles zu viel. Und drunter steht der Satz: Can you wait a second, I've only got three hands.

»Und das andere? Hast du dir das selber ausgedacht?«

Jessica schaut sie an und antwortet nicht.

»Jetzt esst erst mal«, sagt die Mutti. Sie hat inzwischen die Teller vollgeschöpft.

»Das können wir alle brauchen. Jessica haben sie neulich in der Straßenbahn Brotmarken geschenkt, weil sie so dünn ist. Dabei hat sie Geld wie Heu.«

Sie essen alle schweigend und bedächtig. Es gibt immer noch wenig zu essen, obwohl der Krieg schon seit drei Jahren vorbei ist. Es wird nicht mehr lange dauern, dann werden mit einem Schlag alle Schaufenster voll sein mit den herrlichsten Sachen, dann werden sie aber kein Geld haben, sie zu kaufen.

Jessica betrachtet vorsichtig die fremde Frau. Über ihren riesengroßen Augen hat sie weiße Augenlider mit schwarzem Rand, die wie kleine Jalousien rauf und runter rutschen.

Jessicas Mutti lacht ein bisschen: »Also, Jessica, ich merke schon, du bist neugierig. Das ist Lilli, sie war mal meine Schauspiellehrerin. Jetzt führt sie Regie im Staatstheater, sie wird den *Sommernachtstraum* inszenieren. Das ist ein Stück von Shakespeare, und da spielen ganz viele Personen mit. Auch ein Elfenkönig, und den spielt der Stefan, der hier sitzt, obwohl er eigentlich noch zehn Jahre Zeit hätte damit. Denn eigentlich ist der Elfenkönig schon erwachsen.«

Der Stefan sagt: »Ich möchte mich nicht um meinen zweiten Teller Suppe bringen, sonst würde ich dir mal zeigen, wie erwachsen ich bin.«

Die Frau, die Lilli heißt, sagt:

»Und dem Elfenkönig hilft eine freche Elfe und die heißt Puck. Den Puck solltest du spielen, Jessica.«

»Der Puck ist besetzt«, sagt Stefan. »Den spielt die Hofreiter. Und die wird wohl kaum verzichten.«

»Soll sie auch nicht. Natürlich spielt die Hofreiter. Die Premiere und die zehn nächsten Vorstellungen auch. Die Hälfte vom Publikum kommt ja wegen ihr.«

»Und die andere Hälfte wegen mir. Besser gesagt, meinetwegen. Die weibliche nämlich«, sagt Stefan und grinst.

»Ja, hoffentlich. Aber eine spätere Vorstellung könnte sie spielen. So ein Talent muss man fördern. Ich liebe es, etwas oder jemand zu entdecken. Ihre Mutter habe ich auch entdeckt.«

»Viel geholfen hat's nicht«, sagt die Mutti.

Stefan sagt:

»Du mit deinem produktiven Übereifer! Nun schaff doch erst mal die Inszenierung bis zur Premiere!«

»In zehn Jahren Berufsverbot staut sich halt viel Energie an«, murmelt die Frau namens Lili.

»Ist noch Suppe da?«

Die Mutti verteilt den Rest.

Stefan schenkt Wein ein. Jessica bekommt einen Fingerbreit in ihr Glas.

Die Frau, die Lili heißt, schenkt der Mutti und Stefan eine Zigarette. Sie rauchen und trinken und sind eine Weile ganz still.

Dann sagt die Mutti:

»In diesem Theater wird meine Tochter niemals auf der Bühne stehen.«

Stefan fragt: »Warum nicht? Was ist das für ein dunkles Geheimnis? Du hast doch hier selber gespielt, du sollst eine großartige Katharina Knie gewesen sein.«

»Ja, da hat Jessica ihre Zirkusideen her. Sie hat praktisch mitgespielt. Es gab den Zuschauerraum vorne, den echten, und dann noch einen gespielten hinter der Bühne, auf der Bühne waren die Zirkusarena und auch die Wohnwagen, dahinter also der gespielte Zuschauerraum, da hat Jessica gesessen mit einer Komparsin, die auf sie aufgepasst hat. Alle vierzig Vorstellungen lang! Denn mein Mann hatte Opernprobe, er hat den *Figaro* einstudiert. Und dann halt auch Vorstellungen noch und noch und *Fidelio* und so weiter. Und dann wurde er krank. Es kam vom Krieg. Und auf dem Sterbebett bekam er die Kündigung von diesen Schweinen. Keiner war dabei, als er den Brief aufmachte. Als er tot war, habe ich auch fristlos gekündigt.«

Jessica hört aufgeregt zu. Sie hat die Geschichte nie ganz genau gehört. So war das also.

»Und warum muss ich dann noch zum Ballett?«, fragt sie. »In dieses Scheißtheater?«

»Rede anständig, Jessica. Auch wenn's stimmt. Die Hella Heim war immer lieb, die hat zu mir gehalten, und es gibt sonst nichts für dich. Du bist schon allein in der Schule, irgendwo musst du doch mit Kindern zusammenkommen.«

»Kann sie's auch auf Kommando?«

»Was?«, fragt die Mutti.

»Na, was sie da vorhin gemacht hat, diese kleine kabarettistische Nummer.«

Die Mutti zuckt die Achseln.

»Sie ist Funkkind. Seit sie sechs ist.«

»Aha. Aber da liest man ja alles ab.«

»Konnte sie damals noch gar nicht.«

Stefan sagt: »Machst du mir die Freude und spielst die Nummer noch zu Ende? Wir haben dich unterbrochen.«

Jessica nagt an ihrer Unterlippe.

»Ich weiß gar nicht, wie sie ausgeht«, sagt sie dann.

»Irgendwie wird sie schon ausgehen. Mach einfach mal.«

Jessica hat eigentlich keine Lust. Aber sich zieren mag sie auch nicht.

Im Radiohaus in der Neckarstraße, wo sie Funkkind ist, werden sie auch kommandiert. Dann müssen sie schnell ins Studio rennen, sich um das Mikrofon stellen und sprechen, wie es die Rolle und der Spielleiter hinter der geräuschdichten Glasscheibe verlangen. Und nicht husten, nicht mit dem Papier rascheln, oh, wie vorsichtig umblättern, lautlos, nicht mal zu laut atmen. Sie kann solche Sachen auf Kommando machen.

Sie setzt sich wieder auf den Stuhl.

»Also, dann jetzt endgültig unser Experiment«, sagt sie.

Sie kniet sich seitlich auf den Stuhl, rollt den Kopf ein und tut so, als ob sie sich überschlagen will. Dann lässt sie sich platt auf den Bauch fallen und beugt den Kopf unter den Stuhl.

»Was sehe ich denn da!«, ruft sie.

Sie kommt wieder hoch und setzt sich hin.

Sie hält eine Blockflöte in der Hand.

»Unter diesem Stuhl wächst eine Blockflöte«, sagt sie fröhlich.

»Das ist gut, da kann ich euch noch was Wichtiges erzählen von der Frau mit den drei Armen. Passt auf.

In dem einen Arm hat sie das Baby, das will nicht einschlafen. Aber mit den beiden anderen Armen, besser, mit den Händen, spielt sie jetzt Blockflöte.«

Jessica spielt auf der Blockflöte: Schlaf, Kindchen, schlaf.

Dann hört sie auf, nimmt die Flöte in die linke Hand und biegt den rechten Arm zur Wiege und sagt: »Und seht ihr, jetzt schläft es. Da müssen wir das Experiment wohl auf ein andermal verschieben.«

Kein Applaus. Stefan und Lilli sind still. Die Mutti steht auf und deckt den Tisch ab.

Schließlich sagt Stefan:

»Wo kam denn auf einmal die Flöte her?«

»Geheimnis!«, sagt Jessica vergnügt. Denn sie spürt, dass die beiden so still sind, heißt nicht, dass es ihnen nicht gefallen hat.

»Nur über meine Leiche«, sagt die Mutti, als sie wieder reinkommt.

Wahrscheinlich kann sie Gedanken lesen.

Engele flieg

Der Vater ist auf Urlaub von der Front. So heißt das. Die Front, das ist eine Art Strich, wo auf der einen Seite die Feinde und auf der anderen Seite WIR stehen. SIE/WIR stehen eigentlich nicht, SIE/WIR knien mit einem Bein und schießen mit Gewehren aufeinander. So stellt sich Jessica das vor, als sie sich gegen Ende des Krieges überhaupt etwas vorstellen kann.

Der Vater zieht die Uniform aus und schmeißt sie in die Ecke. Er sagt: »Scheißuniform.«

Die Mutti guckt besorgt.

»Pass auf, was du sagst. Jessica kann sich verplappern.«

»Sie soll ruhig wissen, dass das ein Scheißkrieg ist!«, sagt der Vater.

Sie fahren ins Gebirge. Es ist Februar, der 29. Februar. Den 29. Februar gibt es nur alle vier Jahre. An diesem Tag hat ihre Mutter Geburtstag. Das wollen sie feiern. Geld haben sie keines. Es gibt jeden Morgen ein mageres Frühstück und abends einen Teller Suppe.

Aber sie sind quietschvergnügt. Der Vater bäckt mit Jessica eine Torte aus Schnee mit Eiszapfen als Kerzen. Die steht am Geburtstagsmorgen auf dem Balkon. Der Vater singt für die Mutti: Ich liebe dich so wie du mich/ vom Abend bis zum Morgen/ noch war kein Tag wo du und ich/ nicht teilten unsre Sorgen/, und Jessica singt leise mit.

Die anderen Gäste sind nicht böse über den Morgengesang, sie lauschen entzückt. Abends muss der Vater ein Konzert geben, als Strafe fürs Wecken, sagen die Gäste und lachen.

Dann muss der Vater zurück an die Front.

Ein andermal ist Sommer.

Der Krieg geht weiter, das Leben geht weiter, nicht für alle, das weiß Jessica. Nächte, die sie im Bunker verbringen, werden zur Regel. Und wenn sie hinauskommen, brennt die Straße, und der Himmel ist feuerrot.

Aber dann sind sie alle drei wieder zusammen. Es ist Juli, es ist heiß, sie gehen durch die Stadt.

Sie alle drei haben Durst. Der Vater hat seine Uniform an, das bedeutet, entweder ist er gerade aus dem Krieg gekommen oder er muss gleich wieder hin. Denn sonst läge die Scheißuniform in der Ecke hinter dem Kleiderschrank im Schlafzimmer, damit man sie ein paar Tage nicht sieht. Sie gehen in ein Café, etwas zu trinken wird es ja wohl geben. Sie finden einen Tisch, obwohl es sehr voll ist. Ihr Vater sitzt gegenüber von ihrer Mutter und hält ihre Hand fest. Jessica mag ihren Vater. Sie mag ihn sogar sehr. Aber der Krieg dauert nun schon so lange, wie sie auf der Welt ist und der Vater ist Soldat, seit es den Krieg gibt. Seit Krieg ist, ist er also an der Front und nicht zu Hause. Jessica denkt, dass die Mutti eigentlich ihr gehört. Sie möchte nicht, dass der Vater sie so festhält, sie möchte auch nicht, dass der Vater leise mit ihr redet, soll sie nicht verstehen, was er sagt? Sie mag auch nicht, dass alle anderen Leute leise reden, sie hört ein vorsichtig gesprochenes neues Wort, »Attentat«, und dann das Wort, das sie zu Hause eigentlich nicht mehr aussprechen wollen. Wieso eigentlich nicht? Es ist nur ein Wort, es ist eigentlich ein Name, wieso soll man den nicht sagen?

»Dem Adolf Hitler spucke ich ins Gesicht, und dann schmeiß ich ihn in den Mülleimer!«, ruft Jessica also mit ihrer tiefen, kräftigen Stimme hinein in das murmelnde Café. Schlagartig völlige Stille. Nicht mal Stühle, nur Gesichter drehen sich um und zu ihnen her.

Der Vater ist weiß im Gesicht, er zieht einen Geldschein aus der Tasche und legt ihn auf den Tisch. Ganz ruhig, sagt er durch die Zähne. Er und die Mutter packen Jessica an je einer Hand. Jessica will protestieren, sie hat noch nicht ausgetrunken, aber die Erwachsenenhände um ihre Kinderhände herum verbieten jeden Widerstand. Raus aus dem Café und auf die Königstraße. Ein Blick zurück vom Vater. Dann sagt die Mutter, komm, wir spielen Engele flieg! Au ja, ruft Jessica erleichtert, sie hatte schon Angst, es sei etwas Schlimmes passiert.

Engele flieg ist ein Spiel. Man spielt es mit sehr kleinen Kindern. Jessica ist eigentlich schon zu groß dafür. Aber wie wunderschön, wenn der Vati mit seiner linken Hand ihre rechte Hand hält, ganz fest, und die Mutti mit ihrer rechten Hand Jessicas linke, und sie gehen erst schnell, dann laufen sie, dann rennen sie, und wenn Jessica fast nicht mehr mitkann, reißen der Vati und die Mutti Jessica an den Armen hoch und rufen mit ihren prachtvollen Theaterstimmen »Engele flieg«.

Sie sind schnell. Aber der SS-Mann ist schneller. Er überholt sie, bleibt stehen und schaut ihnen zu.

Das sind Eltern, die machen mit ihrem Kind ein Spiel. Auf keinen Fall sind das Menschen auf der Flucht.

Sie steht neben ihrer Strengen Großmutter. Der Großmutter Leni am Bodensee. Über die Hügel kommen die französischen Panzer gekrochen. Die Großmutter hat ein weißes Bettlaken an einem Besenstiel befestigt und versucht, es aus dem Dachfenster zu schieben. Das Bettlaken hängt fest.

Jessica schaut auf die Kanonenrohre auf den Panzern. Sie sind auf sie gerichtet. Wie Augen. Die sie wachsam beobachten. Dann hat die Großmutter es geschafft. Das Bettlaken flattert im Maiwind. »Bitte, schießt nicht, wir wollen den Frieden«, soll das bedeuten.

Dann ist ihre Mutter wieder da, im Haus am Bodensee. Auch sie war an der »Front«, sie musste dort Theater spielen, um die Soldaten bei Laune zu halten. Und obwohl es jetzt, gleich nach dem Krieg, wenig zu essen gibt, meistens Brot mit Scheiben von gekochten Kartoffeln drauf und nur im Ausnahmefall gestandene Milch, und nicht mehr mit Zucker und Zimt, ist Jessica glücklich, weil ihre Mutter wieder bei ihr ist. Sie krabbelt am Morgen zu ihr ins Bett, wenn sie schlecht geträumt hat. Da hören sie beide unten die Haustüre gehen, und eine Männerstimme erklingt und singt – und es ist, als ob eine warme Welle durchs Haus fließt, bis unters Dach – das Lied: Vier adlige Rosse/ voran unserm Wagen/ wir wohnen im Schlosse/ in stolzem Behagen … Der Vati ist zurück aus dem Krieg, aus Russland mit dem Fahrrad gekommen. Er nimmt sie auf den Schoß und sagt, ach, Jessica, endlich ist der Scheißkrieg vorbei, jetzt können wir auf das Schiff Milwaukee steigen und nach Amerika fahren und Eis in allen Farben essen. Auch Silber und Gold?, fragt Jessica. Klar, auch Silber und Gold. Auch Schwarz? Ja, sicher, auch Schwarz.

Und dann wurde das Leben an jedem Tag schöner, dort am Bodensee, trotz Hunger und Sperrstunde am Abend, die Eltern schlichen im Dunkeln durch die Gärten und trafen die Freunde auf den Terrassen und musizierten und tanzten, und die französischen Soldaten, Vincent und Constant, waren heimlich mit dabei, denn die sich da trafen, das waren keine Nazis, es waren die, für die die Besatzungsmacht die Befreiungsmacht war. Und Jessica lernte die Namen der Freunde, Otto Dix, Nelly Dix, Erich Heckel, Curth Georg Becker, Hans Kindermann, Maria Proelss, Hanni Rocco,

Walter Herzger, Gertraud Herzger, Otto Andreas Schreiber, Hildegard Ruch und Vincent und Constant aus Paris.

Und dann: das Engagement! Der Vater an die Oper, die Mutter ans Schauspielhaus. Zurück in die Stadt! Großartiger konnte das Leben nicht mehr werden.

Funkkind

Jessica verrührt ein Joghurt mit Hagebuttenmark und ist entzückt über das milchige Orange, das da entsteht. Wie Sonnenaufgang im Nebel. Erst will sie es nicht essen, weil es ihr so gut gefällt, isst es dann aber doch.

Wieso hat Jessica Geld wie Heu?

Sie ist ein Funkkind, seit sie sechs Jahre alt ist. Da kann sie noch nicht lesen, sie spielt das Bächlein, sie muss die zwei gereimten Zeilen, die sie zu sagen hat, auswendig lernen. Man stellt sie auf eine Kiste, damit sie mit den anderen Kindern gleichauf ist und ins Mikrofon sprechen kann. Denn alles wird direkt gesendet. Jessica war und ist ein Funkkind, weil ihre Mutter als Schauspielerin beim Funk, beim Radio, arbeitet und Jessica so viel wie möglich in ihrer Nähe haben will. Sie sind zwar nicht beisammen, aber doch im selben Haus. Ach was, kein Haus, ein Gebäude ist es, mit endlosen Gängen und sechs Stockwerken und mehreren Fahrstühlen, ein Haus, in dem man spazieren gehen kann wie in einem Wald. Wenn ihre Mutter Zeit hat, nimmt sie Jessica mit in die Kantine. Die Mutter trinkt einen Tee und Jessica bekommt Saft. Dort in der Kantine sitzen die Spielleiter, die die Rollen zu vergeben haben. Dort sitzen die Schauspieler und die Spielleiter, trinken und unterhalten sich, und man könnte es für ein gemütliches Beisammensein halten.

Tatsächlich geht es um Leben und Tod.

Rollen zu bekommen und das Sprechen der Rollen bezahlt zu bekommen bedeutet für die Schauspieler, dass sie die Miete bezahlen, für sich und die Familie Essen kaufen, dass sie die Vorhänge aus der zerbombten Villa der Eltern zum Schneider bringen und sich daraus Mäntel und Kostüme nähen lassen können, Kostüme mit weiten Röcken bis zur halben Wade und eng taillierten Jacken mit Schößchen ... die Schauspieler, vor allem, wenn sie Frauen sind, müssen hübsch aussehen und den Männern gefallen.

Denn die Spielleiter sind Männer, fast alle jedenfalls. Eklige, hässliche, stinkende Männer, findet Jessica, alle außer dem schönen Herrn Bodin und Harry Schweitzer, die beide beim Kinderfunk Regie führen. Ihre hübsche Mutter muss nun mit den Spielleitern flirten, trinken und rauchen und über ihre doofen Witze laut lachen und jede ihrer Sendungen über den grünen Klee loben, damit sie Rollen bekommt und ihr Überleben gesichert ist. Denn alle die Schauspieler sind nicht fest angestellt, sie bekommen keinen Monatslohn, sie müssen sich von Sendung zu Sendung, von Werbefunk zu Kinderfunk, vom Nachrichtensprechen zum Hörspiel hangeln, und es gibt bei allen Tage, wo sie sehr dankbar sind, wenn die lieben Kantinenfrauen ihnen Essensreste einpacken für »d' Hund« oder »s' Kätzle«. Und die dann gerne von den Kindern daheim verspeist werden.

Da ist die Frau Radogast, die immer ihren geistig behinderten Sohn mitbringt. Auch das versteht Jessica, Frau Radogast muss deutlich machen, wie schwer sie es hat und dass sie unbedingt Sendungen braucht, um sich und den Jungen durchzubringen. Und sie ist nicht hübsch. Jessica versteht, dass sie statt Flirten den Sohn benutzt. Der Sohn sabbert und hat immer eine Hand in der offenen Hose, und die Spielleiter geben Frau Radogast Rollen, damit sie sich mit dem Sohn so schnell wie möglich an einen anderen Ort begibt. Jessica setzt sich manchmal neben den Sohn, starrt ihn an und versucht, ihren Ekel zu überwinden. Ab und zu lächelt der Sohn sie an und dann hört der Ekel für ein Weilchen auf.

Jetzt ist es so, dass Jessica sich nicht mehr um Rollen bemühen muss. Sie hat eine tiefe, aber klare Stimme, sie spricht Hochdeutsch und Schwäbisch gleich gut, und sie kann inzwischen perfekt lesen. Sie bekommt genug Rollen, findet sie, und für jede fünf Reichsmark bezahlt. Da man nichts kaufen kann, hebt sie das Geld auf, in dem silbernen Milchkännchen, und wenn das voll ist, in der silbernen Zuckerdose. Man kann nichts kaufen? Nicht in den Läden, aber auf dem Schwarzen Markt! Auf dem Schwarzen Markt in der Reinsburgstraße. Bei Frau Bodschinski. Die hat alles, was es auf der Welt gibt. Vom Boden bis unter die Decke stapeln sich in den Regalen fabelhafte Dinge, und Jessica lernt beim Betrachten die Welt kennen. Auf den Schwarzen Markt geht Jessica mit Tante Ida. Tante Ida lebt auch auf dem Bauernhof der Großeltern an der Nordsee, aber wenn sie sich einmal wieder völlig mit Jessicas Großmutter, die ihre Schwester ist, zerstritten hat, kommt sie zu Besuch nach Stuttgart. Und geht mit Jessica auf den Schwarzen Markt. Tante Ida erzählt Frau Bodschinski ihr Leben und bekommt dafür ein Gläschen Likör. Tante Idas Leben ist nicht interessant. Theodor, ihr Mann, ist tot. Er hatte eine Glatze, sonst erfährt man nichts über ihn. Jetzt hat Tante Ida Purzel, einen Rauhaardackel, und von ihm gibt es mehr zu erzählen. Wenn Tante Ida Nudeln mit Tomatensauce kocht, springt Purzel erst auf einen Stuhl und dann auf den Tisch und schleckt die Nudeln von Tante Idas Teller. Es ist aber kein Fleisch dabei, und so guckt Purzel anschließend beleidigt und springt auf den Boden. Darüber lachen die beiden Frauen herzlich. Und Jessica steht vor den Regalen und ist auf Weltreise.

Tante Ida kauft auch Romane in Heftform bei Frau Bodschinski. Die darf Jessica auch lesen. Da tritt Graf Ehrenfried aus der Tür von Schloss Heidekraut und geht in Reithosen die Freitreppe hinab. Er blickt durch die Bäume hin nach Schloss Düsterwald, wo der böse Baron seine schöne Tochter Marie-Louise wie eine Gefangene hält. Jessica kauft ein Seidentuch für ihre Mutter. Ein Seidentuch mit smaragdgrünen Rändern und in der Mitte einem Muster, wie wenn das Licht durch alte Kirchenfenster fällt. Wie die Bilder in ihrem *Tausendundeine Nacht*-Buch. Jessica kann sich nicht sattsehen an den Farben. Das Tuch kostet hundertfünfundsiebzig Mark. Jessica könnte für ihre Mutter besser einen Tauchsieder oder ein Bügeleisen kaufen, das hat Frau Bodschinski auch. Aber das Tuch flüstert ihr zu, dass es auf sie gewartet hat und ihre Mutter schmücken will, und so kauft Jessica das Tuch.

Jessica verdient weiter und kann später auch noch den Tauchsieder und das Bügeleisen kaufen. Aber über nichts hat sich ihre Mutter so gefreut wie über das Tuch aus *Tausendundeine Nacht*.

Mit Tante Ida geht Jessica auch ins Kino. Ach, diese schöne Frau, die so toll singt und tanzt und schließlich sich verirrt in einer wilden Gegend mit nur einem Pelzmantel an und fast nichts darunter! Sie heißt Marika Rökk, und Jessica liebt sie eine Weile lang. Bis sie dann, aber das ist um einiges später, Gina Lollobrigida liebt. Am meisten von allen liebt sie Marlene Dietrich, denn die sieht fast aus wie ihre Mutter.

Jessica setzt sich seitlich auf einen Stuhl und schiebt ihren Schottenrock hoch. Sie zieht das eine Knie an und streckt das andere Bein aus. Sie raucht aus einem Bleistift und singt so kratzig wie möglich: »Ich bin von Kopf bis Fuß auf Liebe eingestellt.«

Und sie steht auf und schmeißt die Beine und singt mit ungarischem Akzent: »In der Nacht ist der Mensch nicht gern alleine!«

Es macht ihr nichts mehr aus, wenn Stefan dabei in einer Ecke sitzt und in seinem Rollenbuch liest und vor sich hin grinst.

»Und? Fällt bald ein Entschluss? Spielst du meinen Puck?«

Jessica zuckt die Achseln.

»Wenn die Mutti Ja sagt.«

»Stimmt«, sagt Stefan. »Da steckt noch Arbeit drin.«

Jessica erfährt, dass heute Weltuntergang ist. Sie erfährt es beim Bäcker. Sie holt ein Brot aus Maismehl und will gerade zur Tür, da sagt eine Frau zur Bäckerin: »Glaubet Sie des, dass heut Weltuntergang isch?« Und die Bäckersfrau sagt: »I woiss net, sie sollets im Radio gsagt hen. Des isch ebbes, was mr net wisse ka. I hoffs aber net, gellet se!«

Man kann es also nicht wissen. Es kann demnach passieren. Weltuntergang! Jessica denkt, dass da ein riesiger Vorhang fällt, wie der eiserne im Staatstheater, so unerbittlich und endgültig wie eine Guillotine. Was eine Guillotine ist, weiß sie aus einem Hörspiel, das hieß *Die Letzte am Schafott*, in dem die Mutti die Blanche gesprochen hat, die zuerst die Ängstlichste ist und am Ende die Mutigste.

Sie beschließt, dass sie auch mutig ist und vor dem Weltuntergang keine Angst hat.

Der Junge

Seit gestern ist da der Junge. Er war im Internat. Da will er nicht mehr sein. Man hat ihn nicht verstanden. Jetzt wird er wieder hier wohnen. Er ist der Sohn der Hausbesitzerin. Das kann man sofort sehen. Er sieht jetzt schon aus wie ein Hausbesitzer. Er ist ungefähr so alt wie sie. Man wird mit ihm zu tun bekommen.

Jessica geht in den Garten. Heute scheint die Sonne, es hat lange nicht geregnet, die Wiese ist trocken und mit dem Gras vom vergangenen Jahr bedeckt, das jetzt grau-gelb ist wie altes Heu, aber weich und gemütlich, wenn man eine Decke darüberbreitet. Auf die Decke setzt Jessica ihre Puppen, und sie bittet ihre Schwestern, Platz zu nehmen. Sie hält ihnen eine kleine Rede:

»Wenn heute Weltuntergang ist, wollen wir es vorher noch nett haben. Wir werden ein Picknick machen. Und wir haben auch Musik. Hört ihr den Vogel da singen? Es ist eine Art Lied. Es ist aber auch ein Geräusch mit einzelnen Tönen. Und jetzt wartet mal.« Sie warten. Aus dem angrenzenden Garten von Frau Ostertag, aus dem noch kahlen japanischen Kirschbaum, erklingt eine Antwort.

»Hört mal genau zu! Es klingt so, als ob die Antwort von dem Vogel da drüben genau gleich ist wie das Lied von dem Vogel hier. Aber sie ist nicht ganz genau gleich.

Der Vogel hier bei uns ruft: Hallo, meine schwarze

Amselfrau, ich komme gleich zum Mittagessen, stell schon mal den Wurmsalat auf den Tisch. Und der Vogel da drüben auf dem japanischen Kirschbaum antwortet: Hallo, mein schwarzer Amselmann, ich freue mich, dass du gleich zum Mittagessen kommst, und der Wurmsalat ist fertig, ich schütte nur noch ein bisschen Erdnussbuttersauce darüber. Also, sie unterhalten sich miteinander, ihr könnt es hören.«

»Mit wem redest du?«

Der Junge. Sie hat ihn nicht kommen hören. Vielleicht hat er sich angeschlichen.

»Ich hab dich etwas gefragt, antworte gefälligst. Wird's bald?«

Jessica sagt: »Heute ist Weltuntergang.«

»Quatsch!«, sagt der Junge.

»Heute ist Weltuntergang«, wiederholt Jessica.

»Das stimmt überhaupt nicht.«

»Es kam im Radio.«

Es entsteht eine kleine Pause. Dann sagt Jessica:

»Du solltest vielleicht lieber in den Keller gehen.«

»Und warum sitzt du hier draußen?«

»Weil die Decke eine Art Floß ist. Das schwimmt vielleicht auf dem Untergang.«

»Dann will ich auch auf die Decke.«

»Das geht nicht. Auf der Decke ist kein Platz mehr.«

»Da ist genug Platz. Ich setze mich da jetzt drauf!«

»Nein! Da sitzt Hanna, da Anita, hier Elke und Karla und da die Puppen. Da ist kein Platz für dich.«

»Du spinnst doch unter deinem Pony!«

Der Junge lässt sich auf die Decke fallen.

Jessica tritt ihm mit beiden Beinen zugleich in die Seite.

Der Junge fliegt von der Decke ins Gras. Seine Brille noch ein Stück weiter. Der Junge brüllt, packt die Brille, schreit, sie ist kaputt! Und läuft heulend ins Haus.

Jessica bleibt nachdenklich sitzen.

Die Welt geht im Verlauf des Tages nicht unter.

Es ist aber nicht viel weniger schlimm, was dann passiert.

Die Mutter des Jungen, die Hausbesitzerin, lauert der Mutti auf, wie diese von der Arbeit kommt. Jessica lauscht hinter der Wohnungstür.

»Ich muss Sie bitten, Ihre Tochter zu maßregeln. Sie hat meinen Sohn getreten und seine Brille zerstört.«

»Jessica?«

»Ja. Sie muss bestraft werden. Außerdem hat sie Gartenverbot. Absolutes Gartenverbot. Sie darf den Garten nicht mehr betreten.«

»Ich werde mit ihr reden.«

Die Mutti kommt in die Wohnung. Sie hat eine steile Falte über der Nase mitten auf der Stirn.

»Warum, Jessica?«

Jessica hat eine ähnliche Falte auf der Stirn, unter dem Pony.

»Er wollte auf meine Decke. Er hat sich einfach auf Hanna und Anita gesetzt.«

»Jessica! Du bist nicht verrückt. Du weißt genau, dass Hanna und Anita nicht wirklich da sind.«

»Ich wollte aber nicht, dass er sich da hinsetzt, wo ich Hanna und Anita hingedacht hatte.«

»Jetzt haben wir den Salat.«

Plötzlich lächelt Jessica.

»Die Welt ist nicht untergegangen!«

»Sollte sie das?«

»Die Frau beim Bäcker hat es gesagt. Heute ist Weltuntergang. Ich habe gehofft, dass du früher kommst. Ich wollte mit dir zusammen die Welt untergehen erleben.«

»Schwieriger Satz. Na ja, dafür gibt's wohl noch keine Grammatik.«

Jessicas Mutter sieht, dass Jessicas Lippen zittern und nimmt sie in die Arme.

»Die Welt ist nicht untergegangen und sie geht auch nicht unter, sie ist ja gerade noch mal daran vorbeigeschrappt, wir machen jetzt einen Spaziergang durch die Gärten und stibitzen Forsythien. Und dann koche ich dir Milchreis mit Zucker und Zimt, dafür ist alles da.«

Noch ist die vom Krieg zerstörte Stadt nicht wiederaufgebaut, vor allem nicht hier an den Rändern. Manche Häuser stehen mitten in den Gärten und sehen aus wie mit dem Schwert zerteilt. Man schaut hinein in ein halbiertes Wohnzimmer im ersten Stock, man sieht eine Rosentapete und darauf den blassen Fleck vom Klavier, das davorstand, aber längst über den schräg herabhängenden Fußboden in die Tiefe gerutscht ist. Und die Mutti sagt traurig: »Ein ermordetes Instrument.« Denn da liegt es zu ihren Füßen, in mehreren Teilen, wie geschlachtet.

Sie gehen vorsichtig durch die Gärten, überall kann etwas herunterfallen, Heizkörper hängen an den Rohren sinnlos in der Luft, von der Wand gelöste Waschbecken, Stücke von Mauern und Wänden, Balken und Eisenstützen scheinen nur darauf zu warten, dass die Schwerkraft sie endgültig in die Tiefe zieht. Schilder mit »Betreten verboten« gibt es nicht, und die, die hier haften müssten, dass nichts passiert, die Eigentümer der Häuser, sind tot oder weit fort oder so arm, dass sie nicht mal ein Pfund Nägel kaufen könnten.

»Wenn du mal jemand jammern hörst über die zerbombten deutschen Städte«, sagt die Mutti grimmig, »vergiss nie zu sagen: Die Deutschen haben den Krieg angefangen. Und sie haben ihn gewollt. Bis zum bitteren Ende. Der Goebbels hat sie gefragt: ›Wollt ihr den totalen Krieg?‹ Und sie haben ›Ja‹ geschrien, ich habe ihr grässliches Gebrüll selbst gehört, da im Sportpalast. Niemand, niemand hat das Recht, sich zu beklagen.«

»Ich habe ihn nicht gewollt«, sagt Jessica.

»Stimmt«, sagt die Mutti. »Ein paar Kinder und ein paar Vernünftige habe ihn nicht gewollt. Komm, wir wollen Blumen pflücken.«

Unversehens ist es ein bisschen Frühling geworden. Forsythien und wilde Kirschen blühen, auf dem Boden in den verwilderten Beeten Narzissen und erste Hyazinthen, Baurebüble und Scilla. Sie machen Sträuße, gehen durch Gärten, deren Türen in den Angeln hängen, und kommen schließlich zum Wunder des Tages, einem Garten ohne Haus!

Ganz umringt von einer hohen Backsteinmauer und so gestaltet wie ein Garten, von dem man träumt. Ringsum hohe Bäume, Fichten und Tannen und Laubbäume, noch ohne Laub, davor Büsche mit grünen Spitzchen, davor Stauden, graubraun vom Vorjahr, und in der Mitte eine große Gänseblümchenwiese.

»Jessica, hier schenke ich dir deinen Garten!«, sagt die Mutti feierlich und lächelt. »Wenn du vorsichtig bist, kann dich hier so schnell keiner vertreiben.«

Stefan ist jetzt oft bei ihnen.

Seine Wohnung ist ein ehemaliges Dienstmädchenzimmer in einer ziemlich zerstörten Villa.

»Wenn die so ihre Dienstmädchen untergebracht haben, haben sie alle die Guillotine verdient«, sagt er.

Immer wenn es regnet, wird sein Bett patschnass. Deshalb ist er oft auf der Flucht.

»Von Geschichte hat Stefan leider keine Ahnung«, sagt Lili, die auch gerade mal wieder da ist.

»Unter die Guillotine kamen die Könige. Und die Aristokraten. Und die, die Guillotine bedienten, die Bürger, die hielten sich dann später die Dienstmädchen und Köche und Kutscher. Und ihre Hunde hatten mehr Platz und ein besseres Leben als das Personal.

Man könnte vielleicht eher sagen, die da, deine ehemaligen Hausbesitzer, haben die Bomben verdient. Aber auch da muss man vorsichtig sein. Es gab und es gibt immer auch anständige Menschen.

Jessica, komm doch morgen mal zur Probe vom dritten Akt *Sommernachtstraum*. So um elf Uhr.«

»Morgen um elf habe ich Schule«, sagt Jessica.

»Dann übermorgen.«

»Wenn die Mutti ...«

»Mein Gott, du sollst es dir nur anschauen. Das bedeutet gar nichts. Muttis müssen nicht alles wissen.«

»Meine Mutti schon.«

»Gut, dann frag sie. Dir erlaubt sie das bestimmt. Nur anschauen!«

Die Mutti erlaubt es. Aber mit traurigem Gesicht. Und so geht Jessica lustlos durch den Rosengarten in Richtung Staatstheater.

Das ist auch ihr Weg zum Ballettunterricht. Das Ballett ist im Ballettsaal. Dort stehen sie alle die Wand entlang an der Stange und machen Exercises. Sie mag das Ballett nicht. Es ist anstrengend und langweilig zugleich.

Aber wenn man mit lauter kleinen Mädchen in einer Reihe steht und das Klavier ertönt und die Kommandos erklingen, dann kann man gar nicht anders als mitmachen.

Plötzlich geht die Türe auf, und ein Mann kommt rein. Ein Mann, so breit und so groß wie ein Garderobenschrank. Mit zusammengewachsenen Augenbrauen und die Augen in großen, dunkelblau unterlegten Höhlen.

Er stellt sich vor die kleinen Mädchen an der Stange und schaut sie alle einzeln an. Schließlich sagt er mit tiefer Stimme: »Welche ist kleine Johannsen?«

Jessica weiß, dass sie gemeint ist, aber sie sagt nichts.

Die Ballettlehrerin, die Hella heißt, sagt: »Jessica, komm mal her!«

Jessica steht ganz still, immer noch in der fünften Position.

»Die da?«, fragt der Mann. »Los, Kleine, sag mal was. Sag mal ganz laut MAMA.«

Jessica starrt ihn an. Der Mann wendet sich an die Hella.

»Ich brauche ein Kind für die Infantin im *Carlos*.«

Er schaut wieder Jessica an.

»Los: Ruf mal laut und deutlich: Meine Mutter blutet!«

Jessica schreit laut auf: »Du lügst! Meine Mutter blutet nicht!«, und wirft sich weinend der Hella in die Arme.

»Nicht schlecht. Gute Stimme. Los noch mal! Jetzt aber richtig! Meine Mutter blutet!«

Jessica schreit: »Meine Mutter blutet nicht! Und ich tue nicht, was du sagst. Du bist der Mann im Mond, und du frisst die kleinen Kinder und lässt dir ihre Gliederlein schmecken! Und die Sternenmädchen werden dich blind machen, und dann freu ich mich!«

»Blöde Ziege!«, sagt der Mann und zuckt die Achseln. »Dann eben nicht. Hella, schick mir eine, die nicht so dämlich ist und ein gutes Organ hat.«

»Das war der Schauspieldirektor Henrici«, sagt die Hella. »Und du warst nicht sehr höflich. Hoffentlich lässt er das nicht an deiner Mutter aus.«

Das ist schon lange her. Damals nach Kriegsende. Sie war nicht einmal sechs Jahre alt. Beide Eltern spielten noch am Staatstheater.

Es ist jetzt nicht mehr so schlimm, im Ballett zu sein, sie gehört schon zu den Größeren und blamiert sich nicht mehr so oft.

Der Rosengarten! Früher wuchs die Angst, wenn sie ihn durchquerte, sie wusste, gleich würde sie vor dem Treppenaufgang stehen und müsste hinauf und sich umziehen, und das Martyrium würde beginnen.

Jetzt kann sie sehen, wie schön er ist inmitten all der Trümmer ringsherum. Sie kommt im Sommer oft ein bisschen früher und setzt sich auf eine Bank und schaut und schnuppert.

Aber noch ist nicht Sommer. Es blühen noch keine Rosen, allenfalls kann man winzige rote Blattknospen sehen.

Die Probe

Heute steigt sie die Stufen zum Staatstheater hinauf, geht aber nicht zum Ballettsaal, sondern findet mühelos die Probenbühne und setzt sich neben Lili, die ihr gewinkt hat.

Jessica weiß, wie man sich in Theaterproben verhält, nämlich so, als ob man nicht da wäre. Sie schaut nach vorn. Da ist Stefan. Und da ist noch eine Person auf der Bühne. Sie unterhalten sich, sie haben noch nicht angefangen. Die Person ist eine ältere Dame mit blonden dauergewellten Locken bis auf die Schultern und Nylonstrümpfen mit Naht und hohen Hacken an den Schuhen. Sie trägt ein Kostüm, der Rock ist eng und reicht bis zur Mitte der Waden.

»Edith«, sagt Lili, »komm doch mal her, bitte.«

Die Frau, die Edith heißt, nähert sich langsam. Sie ist schön geschminkt und ungefähr so alt wie ihre beiden Großmütter.

»Schau mal, das ist die Kleine von der Johannsen. Sehr begabt, Funkkind seit Jahren.

Ich möchte sie mal in einer Vorstellung den Puck spielen lassen. Eine Art Experiment. Ich brauch ja dringend ein talentiertes Kind für den kleinen Prinzen, wenn ich das an Weihnachten inszenieren soll. Vielleicht in einer Matinee, dann brauchst du nicht so früh aufzustehen.«

Lili lacht.

»Natürlich! Reizende Idee. Guten Tag, kleine Kollegin!«, sagt die alte Dame und strahlt mit hundert Fältchen um die Augen Jessica ins Gesicht.

Jessica überlegt sich, warum Lili das alles dieser Dame erklärt.

Etwas später versteht sie es. Da kommt die Greisin – jetzt im schwarzen Trikot, abgeschminkt, mit Pferdeschwanz – in Ballettschläppchen auf die Bühne gesprungen wie ein junges, gelenkiges Äffchen. Und beginnt zu sprechen mit einer ganz anderen Stimme als gerade eben, mit einer Stimme, in der zwei Töne gleichzeitig erklingen und die durch den Saal trägt wie eine kostbare, aber gesprungenen Glocke:

Hin und her,
Hin und her,
Alle führ ich hin und her.
Land und Städte scheun mich sehr.
Kobold, führ sie hin und her!

Es klingt seltsam und unnatürlich, aber es gefällt Jessica. Eine Elfe muss nicht natürlich sein. Etwas später sieht Jessica Stefan aus dem Bühnenhintergrund auftauchen. Die alte Dame, die den Puck spielt, springt auf ihn zu, rollt sich zusammen wie eine Katze, streckt sich wieder und schmiegt sich an ihn.

Darf die das?, fragt sich Jessica mit gerunzelter Stirn.

Und antwortet sich selbst: Das ist bestimmt von Lili so inszeniert.

Aber sie fühlt eine winzige kleine Wut. Und denkt plötzlich: Ich will den Puck spielen. Genauso gut wie die.

Später gibt es mehr Licht im Zuschauerraum, und das bedeutet: Pause.

Stefan schaut her und grinst.

»Aha, die Zweitbesetzung.«

Er behält die alte Dame, die zugleich der junge Puck ist, einfach im Arm.

»Kennt ihr euch schon?«

»Ach, du kennst sie auch?«

»Ja, durch Anne. Die war ja Lilis Schülerin. Du kennst sie doch auch.«

»Klar, wir haben *Maria Stuart* geprobt, bevor sie hier rausflog.«

»Jessica, das ist die Edith Hofreiter. Wie du gesehen hast, ist sie der Puck.«

»Ist sie deine Mutter? Weil du sie so im Arm hältst?«

Stefan lässt Edith los und lacht.

Edith starrt Jessica an. Das nette Lachen ist verschwunden.

»Rotzgöre«, sagt sie leise zwischen den Zähnen.

»Meine Mutter ist nicht rausgeflogen.«

»Dann war's dein Vater. Der war doch auch hier engagiert. Das wird hier ja noch ein richtiger Familienbetrieb. Wie zu Strieses Zeiten. Bald verkaufen wir Schauspieler wieder die Theaterkarten und putzen nach der Vorstellung den Zuschauerraum.«

Lili hat zugehört und sagt jetzt:

»Keine Sorge, Edith, das wird hier kein Schmierentheater, dafür seid ihr zu gut und ich zu erfahren. Und noch gibt's hier ja Personal und eine erprobte Arbeitsteilung. Und, Jessica, die Edith kann natürlich nicht die Mutter von Stefan sein. Dazu ist sie viel zu jung. Da käme eher ich infrage.«

Stefan küsst Lili die Hand: »Du BIST unser aller Mutter, geliebte Lili!«

Alle lachen ein bisschen.

»Und, Edith, über die Sache mit der Anne klär ich dich mal genauer auf, da bist du sicher nicht ausreichend informiert.«

»Ich glaube, ich bin ganz gut informiert!«, sagt die Edith und dreht ihnen den Rücken zu.

Abends kommen Lili und Stefan zu Besuch. Alles wird erzählt.

»Was hat dich für ein Teufel geritten?«, fragt die Mutti. »Natürlich ist sie ein Aas. Aber eine gute Schauspielerin, oder?«

»Ja«, sagt Jessica. »Sie ist gut. Aber so alt. Als Puck.«

»Ach, deshalb«, sagt Stefan, »warst du so kratzbürstig. Ich dachte schon, Jessica wäre eifersüchtig. Aber klar, sie ist professionell und sieht nur die Rolle.«

Dabei lächelt er Jessica an. Sie soll sehen, er macht Spaß.

Lili sagt: »Ja, sie ist schon seit einigen Jahren fünfundvierzig, aber auf der Bühne ist sie ohne Alter, das wirst du erst sehen, wenn sie in Kostüm und Maske ist.

Da zählt dann nur diese Stimme, ihre Bühnenpräsenz, ihr Witz, ihre graziösen Bewegungen.«

»Ja«, sagt Stefan, »sie ist leider gut. Du müsstest dich schon ganz schön ranhalten, wenn du wirklich …«

»Ja«, sagt Jessica. »Ich will den Puck spielen.«

»Ich hab's befürchtet«, sagt die Mutti.

Jessica braucht ihre Stelzen an den langsamen Tagen.

An den schnellen Tagen nimmt sie ihr Fahrrad. Sie hat ein hellgrünes Damenfahrrad. Der Großvater hat es ihr gekauft.

Sie erreicht ganz knapp den Sattel, der auf dem niedrigsten Punkt festgestellt ist, und ebenso knapp erreichen ihre Füße vom Sattel aus die Pedale. Sie rutscht hin und her wie auf einem Pferd oder wie auf einem Kamel. Denn sie muss sich ja auch noch nach vorne strecken, um das Lenkrad zu erreichen. Viel besser würde alles gehen, wenn sie freihändig fahren könnte. Sie könnte sich ein wenig zurücklehnen. An den weichen Höcker. Bestimmt sind die Höcker von Kamelen weich. Jessica lässt eine Hand los. Es geht! Sanft schaukelt das Kamel durch die Sahara.

Eine Frau kommt ihr entgegen. Sie bleibt stehen und schaut in Jessicas fröhliches Gesicht. Jessica kann ihre Gedanken lesen: Toll, wie dieses kleine Mädchen fast freihändig auf dem Kamel durch die Wüste reitet! Hoffentlich hat es genügend Wasservorräte mit.
Jessica lenkt mit der rechten Hand. Und wie die Straße ein ganz kleines bisschen abschüssig wird, lässt sie die Hand los, ganz kurz, dann greift sie wieder zu. Und noch mal, ein bisschen länger. Das Kamel ist klug. Es kennt den Weg bis zur Oase. Sie muss nur ab und zu ein bisschen am Zügel ziehen. Ganz ohne Zügel geht es heute noch nicht. Aber ein paar Meter schon. Der Anfang ist gemacht.

Jessica kommt aus der Schule. Sie muss aufs Klo.

Vor dem Klo liegt der Schäferhund. Obwohl er Jessica seit drei Jahren kennt, knurrt er und zeigt die Zähne.

»Blöde Leute haben blöde Hunde«, hat die Mutti zu Stefan gesagt, weil sie dachte, Jessica höre es nicht.

Jessica redet mit dem Hund.

»Lieber Wotan, lieber Wotan, schöner Hund, besonders schöner Hund …« Und steigt mit einem Riesenschritt über seinen Rücken – zwischen dem Hund und der Klotür kann sie nur gleichsam wie beim Ballett in der ersten Position stehen, die Füße nach rechts und links außen gedreht, als ob sie auf einer Linie stünden, sie drückt mit der Hand auf die Klinke und drückt dem Hund die Tür in den Bauch, so zart sie kann, er knurrt lauter und rührt sich nicht von der Stelle. Jessica quetscht sich durch die zehn Zentimeter, die sie die Tür aufbekommen hat, wo der Kopf durch geht, geht auch der Rest durch, hat ihr mal jemand erklärt, und wenn man dünn ist, stimmt das auch.

Dann ist sie endlich auf der Toilette, in letzter Minute, und kann loslassen.

»Pinkelst du immer so laut?«

Der Junge steht schräg gegenüber, als sie wieder herausklettert.

Jessica atmet tief ein. Er wohnt hier. Er wird hierbleiben. Man muss sich arrangieren.

»Ich musste halt sehr doll. Ich hab einen langen Schulweg.«

»Du gehst doch gar nicht zur Schule!«

»Wohl gehe ich in die Schule. In Degerloch.«

»Du bist doch morgens immer zu Hause!«

»Immer nicht. Und du? Wann gehst du wieder zur Schule?«

»Nach den Ferien.«

»In welche?«

Er schweigt.

»Ich mach bald die Aufnahmeprüfung fürs Hölderlin!«, sagt Jessica.

Irgendwie hat sie Lust anzugeben.

»Haha. Das musst du erst mal schaffen. Und das geht gar nicht, wenn du jetzt nicht in die Schule gehst.«

»Hast du die Prüfung schon gemacht?«, fragt Jessica.

Der Junge nimmt ihren Ranzen hoch und betrachtet ihn.

»Schämst du dich eigentlich gar nicht, mit so einem Ranzen rumzulaufen?« Der Ranzen aus Pappe mit Wachstuchschicht blättert überall ab. Jessica hatte nie einen anderen. Es fällt ihr nicht mehr auf.

»Vielleicht sollte man sich eher schämen, wenn man von jemand Kleinerem gehauen wird und dann heult. Und dann petzt.«

»Werd bloß nicht frech. Sonst sag ich Wotan ein Wort.«

Wotan spitzt die Ohren. Er hat scheinbar auch schon begriffen, wer der Hausbesitzer ist.

Jessica geht in die Wohnung. Sie schließt die Tür hinter sich und seufzt. Mit diesem Jungen in Frieden leben wird schwierig werden.

Der Tänzer

Wie ist es im Ballett? Jetzt? Sie hat nie wirklich dazugehört. Sie ist irgendwie zu hochdeutsch. Auch wenn sie perfekt Schwäbisch kann. Sie ist an Kinder nicht gewöhnt. Wenn ein Kind etwas zu ihr sagt, schaut sie es an und denkt über die Antwort nach und gibt die Antwort auf Hochdeutsch, und oft ist die Antwort schwieriger als die Frage. Die Kinder finden sie komisch. Aber sie tun ihr nichts. Sie gehört zu lange dazu. Und da ist die Hella Heim. Die kommt nach dem Training zufällig an ihr vorbei und wuschelt ihr durch die Haare oder wenn sie Zöpfe hat, zieht sie daran und sagt: Das Battement tendu jeté war gut gehalten, oder: Grüß die Mutti von mir, sie soll doch mal reinschauen, oder: Das Demi-plié noch ein bisschen fließender, vom tiefsten Punkt an geht es stetig aufwärts.

Jessica weiß, dass das ein Schutz für sie ist. Das klappt auch. Aber dazu gehört sie dadurch noch viel weniger.

Heute kommt die Hella nicht.

Sie warten ein bisschen, die Korrepetitorin spielt auf dem Flügel Melodien, die alle mögen, damit sie nicht zappelig werden, und dann geht stürmisch die Tür vom Ballettsaal auf, und ein Erzengel fliegt herein. Er ist außer Atem und lacht.

»Oh, nischt böse sein, hübsche Damen, die Hella ist krank, und man hat mir gerade eben gesagt, isch muss Training halten, was heißt isch muss, isch DARF! Oh, oh, so schöne Mädschen! Und kein Junge dabei? Wo ist die Proporz? Wo ist die Nachwuchs? Soll isch tanzen, bis isch bin Opa?«

Er küsst der Korrepetitorin die Hand, zieht seine Stulpen und seine Jacke aus und steht da im Trikot, und alle kleineren und größeren Mädchen stehen da wie betäubt. So schön ist er.

Dann hört er auf, lustig zu sein. Er macht eine Exercise, so streng es nur geht.

Als Jessica denkt, dass sie ihr Bein nicht ein einziges Mal mehr zum Battement jeté hochbekommt, sagt er:

»So! Alle mal hinsetzen. An die Wand. Den Rücken ganz gerade. Lotussitz. Schneidersitz, wenn ihr kleine Schwäben das besser kennt.

Ihr habt das gut gemacht. Das habe isch aber auch erwartet bei eine so tolle Tänzerin wie die Hella.

Aber nur Exercise ist langweilisch. Wir wollen jetzt ein bisschen improvisieren. Jede von euch denkt eine Geschischte aus. Die Geschischte darf nur sein drei Sätze lang! Und diese Geschischte tanzt ihr dann. Hier vor allen, mitten in Saal. Tanzen ist nischt nur Stange.

Tanzen ist Raum! Aber das wisst ihr schon.

Kannst du Kinderszenen von Schumann, Chérie?«, fragt er die Korrepetitorin. Das kann sie selbstverständlich. Und hat die Noten dafür da.

»Wir fangen da unten an und dann der Reihe nach«, sagt er und klatscht in die Hände. Das erste Mädchen zeigt alles, was es kann. Es durchquert die ganze Diagonale mit ruhigen Balancen im Wechsel mit Pas de bourrée und endet mit einem kleinen Jeté.

Alle Kinder klatschen wie wild.

»Was war das für eine Geschischte?«, fragt der Erzengel.

»Ha, Rotkäppchen!«

»Aha. Erzähl. Drei Sätze!«

»Ha, se geht halt in de Wald. Da isch nachher dr Wolf, und der sagt, sie soll Blume pflücke. Und er geht zum Häusle von der Großmutter ond frisst se uff.«

»Ah, okay, isch habe das nischt erkannt. Aber gut gemacht, danke!«

Die Nächste. Und die Nächste.

Und irgendwann ist Jessica dran.

Sie fragt leise die Korrepetitorin: »Geht ›Glückes genug‹?«

Die Korrepetitorin nickt und blättert kurz. Dann fängt sie an.

Jessica läuft in die Mitte und kauert sich auf den Boden. Dann richtet sie sich auf, breitet die Arme aus und lächelt.

Sie beugt sich vor und schreibt mit großen Gesten etwas auf ein Blatt Papier.

Dann nimmt sie das Blatt, das natürlich unsichtbar ist, läuft ein Stück und heftet es an eine Tür, die auch unsichtbar ist. Sie läuft zurück und wiederholt den Vorgang. Dann geht sie mit Übertreibung eine unsichtbare Treppe hinauf und heftet weitere Blätter an weitere Türen. Sie hört, wie das Stück dem Ende zugeht, sie dreht sich einmal um sich selbst, klatscht in die Hände und kauert beim letzten Ton wieder auf dem Boden.

Niemand klatscht. Eine ruft: »Des war gar koi Ballett. Du bisch bloss umenandergrannt.«

Der Erzengel fragt:

»Die Geschichte?«

Jessica sagt:

»Es war einmal ein Mädchen, das konnte nicht in die Schule gehen. Aber sie wusste, wo die Schule war, und sie schrieb ganz viele Zettel und klebte sie an die Türen in der Schule und auf den Zetteln stand: Ich lade euch alle zu meinem Geburtstag ein. Da war sie froh, es war Glückes genug.«

»Hoppla!«, sagt der Erzengel. »Wie heißt du?«

»Jessica.«

»Jessica, es stimmt, das war kein Ballett, es war eine kleine Pantomime. Eine Geschischte ohne Worte. Aber selbst ausgedacht. Und mit der Musik verbunden. Das lasse isch gelten. Nächste bitte.«

Hinterher im Umkleideraum schweigt Jessica wie gewöhnlich, und ein Mädchen sagt: »Ha, die verzählt grad wieder e Geschichte ohne Worte, gelt!«, und alle lachen.

Nein, herzlich willkommen ist sie hier nicht. Da nie mehr hinmüssen, dass sie das manchmal denkt, das merkt man ihr vielleicht auch an.

Als sie den Ankleideraum verlässt, steht da der Erzengel und raucht.

»Oh«, sagt er, »erwischt! Isch weiß, Rauchen verboten. Aber du petzt ja nicht, oder?«

Jessica lächelt und schüttelt den Kopf.

»Bist das du, die den Puck spielt bei der Lili in einer Matinee?«, fragt er dann.

Jessica erschrickt. Wieso weiß der das? Sie hat sich doch gerade erst entschieden?

»Ja«, sagt sie. Und denkt: Oje, jetzt muss ich es wirklich tun!

»Hab isch mir gedacht. Das wird toll! Toi, toi, toi!«

Toi, toi, toi. Wünschen sich die Künstler am Theater. Oder Hals- und Beinbruch. Und vor der Premiere spucken sie sich noch drei Mal gegenseitig über die Schulter. Und: wichtig! Man sagt dann nicht »danke« dazu, sonst wirkt es nicht.

Also sagt sie auch jetzt nicht danke und lächelt nur.

Der Erzengel kneift ein Auge zu, und die anderen Mädchen quellen aus der Umkleide, und Jessica sieht zu, dass sie wegkommt.

Jessica geht zum Zeitungskiosk. Dort steht auch der Junge. Erst erschrickt Jessica, dann denkt sie: Eigentlich ist es gut. Hier, außerhalb des Hauses, sind sie gleichberechtigt.

Der Junge fragt: »Ist der neue *Tom Prox* schon da?«

»Frisch wie a Laugebrezel, grad neikomme«, sagt der Kioskbesitzer.

Der Junge kauft das Heft und schlägt die letzte Seite auf.

Jessica guckt von der Seite.

»Heinz Mägerlein«, sagt sie. »Der Sportbericht. Das lese ich auch immer zuerst.«

Der Junge guckt misstrauisch hoch.

Jessica sagt: »Den neuen *Tom Prox*, bitte.«

»Machst du mir jetzt alles nach?«

Der Mann im Kiosk lacht.

»Noi, die kauft den scho länger wie du!«

»Wen magst du lieber, Tom Prox oder Pete Simmers?«, fragt Jessica den Jungen.

Sie gehen zögernd zusammen los in Richtung nach Hause.

Der Junge sagt: »Ich kann dir ein Buch leihen.«

»Wie heißt das?«, fragt Jessica.

»Mirjam in Amerika oder Wie ich Ruths Vater fand.«

Jessica will das irgendwie gerne lesen. Aber steckt da vielleicht eine Falle dahinter?

»Ich hab noch zu lesen. Aber später mal gerne.«

Sie gehen schweigend nach Hause.

»Kann ich mal in eure Wohnung kommen?«, fragt der Junge.

»Heute nicht«, sagt Jessica schnell, schlüpft hinein und schiebt den Riegel vor. Auch nett sein bringt sie nicht richtig weiter.

Heute hat Jessica ihre erste Bühnenprobe. Sie soll zunächst den dritten Akt, zweite Szene anschauen – mit Edith als Puck – und dann die sehr bewegte Schlussszene selbst spielen.

»Gelernter Text!«, sagt Lili streng.

Jessica sitzt im dunklen Zuschauerraum und fürchtet sich

ein bisschen. Gleichzeitig hat sie das Gefühl, dass sie brennt; sie will es unbedingt versuchen.

Diese Stimme, diese Stimme von der Edith! Diese gesprungene Glocke, selbst wenn sie flüstert, klingt es wie gezwitschert, und man kann jede Silbe verstehen. Alles, was sie spricht, hat eine Melodie.

Aber Kinderstimmen sind kräftig und laut, denkt Jessica trotzig. Und es muss nicht alles schön klingen, was der Puck sagt.

Ich glaube, denkt sie noch, ich mach es nicht wie du. Du hast zu mir Rotzgöre gesagt. Ich muss die Rotzgöre sein.

Oberon ist abgegangen.

Puck soll die Stimme von Lysander und Demetrius annehmen und sie in die Irre locken, sie trennen, damit sie sich nicht gegenseitig umbringen. Und schließlich Lysander und Demetrius mit Helena und Hermia, wenn sie erschöpft eingeschlafen sind, mithilfe des auf die Augen getropften Blütensaftes versöhnen.

Jessica hat gut hingehört, und sie imitiert Lysanders und Demetrius' Stimmen fast perfekt. Sie kräht so dreckig, wie sie kann:

Du Memme, forderst hier heraus die Sterne,
Erzählst dem Busch, du föchtest gar zu gerne,
Und kommst doch nicht?
Komm, Bübchen, komm doch her,
Ich geb die Rute dir. Beschimpft ist der,
Der gegen dich nur zieht.

Dann, als Lysander, Demetrius und Helena schlafen, mit frecher Jessica-als-Puck-Stimme:

Dreie nur! – Fehlt eins noch hier:
Zwei von jeder Art macht vier.

Seht, sie kommt ja, wie sie soll,
Auf der Stirn Verdruß und Groll.
Amor steckt von Schalkheit voll,
Macht die armen Weiblein toll.

Und nun, das, denkt Jessica, kann sie auch: ein bisschen wie der Pfarrer sprechen am Sonntag in der Kräherwaldkirche:

Auf dem Grund
Schlaf gesund!
Gießen will
Ich dir still
Auf die Augen Arzenei.

Wirst du wach,
O so lach
Freundlich der,
Die vorher
Du geliebt, und bleib ihr treu.

Und jetzt wie ein Zeitungsverkäufer auf der Straße:

Dann geht es, wie das Sprüchlein rühmt:
Gebt jedem das, was ihm geziemt.
Hans nimmt sein Gretchen,
Jeder sein Mädchen;
Find't seinen Deckel jeder Topf,
Und allen gehts nach ihrem Kopf.

»Edith, was sagst du?«, fragt Lili.

Edith hat nicht im Zuschauerraum gesessen wie Jessica, sie hat neben Lili gestanden, am Bühnenrand, den Kopf geschüttelt und gelacht. Jessica hat es gesehen und gleich wieder vergessen. Sie war jetzt Puck und WER WAR Edith?!

Jetzt sagt Edith:

»Kindergarten. Erstaunlich, dass sie immerhin schon bis drei zählen kann. Sie spricht den Text, als wär's der *Struwwelpeter*. Das sind Enjambements, das muss über die Zeilenenden fließen. Das kann man doch nicht so zerhacken. Sie redet wie eine Berliner Straßengöre.«

Lili runzelt die Stirn.

»Und du, Stefan?«, fragt sie.

»Lass sie es doch ein bisschen wie Kinderlieder sprechen. Sie IST ja ein Kind.«

»Danke«, sagt Edith. »Und ich bin von vorgestern!«

»Edith!«, sagt Stefan. »Sie MUSS es anders machen als du. Sie hat keine Stimme wie ein heiseres Cello, sie ist keine wunderbare, mit allen Wassern gewaschene Schauspielerin. Sie ist nur ein talentiertes kleines Mädchen.«

Lili sagt:

»Ich find's klug von ihr, dass sie nicht versucht, dich zu kopieren. Es gibt eben zwei Modelle des Puck, das ist ja auch die Idee.

Jessica, du kannst das so anlegen, über die Einzelheiten reden wir noch. Wann kannst du wieder probieren?«

»Toll!«, sagt Edith. »SIE bestimmt die Probenzeiten. Ich hätte gerne eine Probe um Mitternacht!«

»Ich stehe zur Verfügung!«, sagt Stefan und küsst ihr die Hand.

Vor ihrer Wohnungstür liegt ein Buch mit rosa Einband. *Mirjam in Amerika*. Jessica freut sich. Es ist nett, dass er es einfach hingelegt hat, ohne gleich etwas dafür haben zu wollen.

Sie versteht jetzt alles ein bisschen besser. Er ist aus dem Internat rausgeflogen, sagt Frau Ostertag. Warum, weiß sie nicht. Die Hausbesitzerin hat nur geseufzt. Jetzt haben sie ihn hier auf der Mittelschule angemeldet. Davor hat der

Junge Angst, sagt Frau Ostertag. Da sind halt viele Jungen, die wegen des Krieges später in die Schule gekommen sind, und die sind groß und stark, doppelt so groß und stark wie er, fürchtet er.

Jessica denkt, dass er auch keinen großen Bruder hat und vielleicht auch keinen erfinden kann. Er hat auch keine Schwestern, die er zum Spielen herbeizaubern kann. Er liest Bücher, das tut auch Jessica, darüber können sie sich unterhalten. Und den Krieg beenden. Vielleicht. An ihr soll's nicht liegen.

An ihm auch nicht. Das mit dem Garten tut ihm leid, sagt er. Wenn sie will …

Nein. Sagt Jessica. Deine Mutter hat's verboten. Und meine auch.

Das Spiel

In den nächsten Tagen bleibt sie vorsichtig. Sie geht am Nachmittag mal rechts abwärts aus dem Haus, mal links aufwärts in Richtung Straßenbahn-Endstation. Und erst nach einer Weile, wenn sie sicher ist, dass ihr niemand folgt, biegt sie ab und schleicht vorsichtig in ihren Garten.

Auf diese Gartenbesuche bereitet sie sich sorgfältig vor.

Sie entscheidet vorher, was für ein Tag es werden soll. Es gibt Zirkus-Tage, Näh-Tage, Lese-Tage, Mit-den-Kindern-spielen-Tage, da nimmt sie dann die Puppen mit, und seit Neuestem Theater-Proben-Tage. Je nachdem hat sie dann Gepäck und fast immer hat sie Proviant dabei.

Heute ist das Gepäck leicht: ein Rollenbuch. Der *Sommernachtstraum*. Von William Shakespeare.

»Wilhelm Schüttelbirne«, sagt Stefan.

Die Mutti lacht nicht.

»Über so ein Genie macht man kleine blöden Witze«, sagt sie.

Stefan schämt sich und lacht gleich wieder.

Jessica hat sich in den Gärten Bretter zusammengesucht und mitten auf der Wiese eine Art Floß gebaut, damit sie trocken sitzen kann.

Manchmal ist es ein Floß oder ein Schiff. Manchmal hat sie ihren *Diercke*-Schulatlas dabei und malt wieder Wege übers Meer wie bei ihrem Großvater an der Nordsee. Sie hat schon gelernt, wenn sie nach Amerika will, muss sie das Floß über den Atlantik steuern, und wenn sie nach Afrika will, genügt die Meerenge bei Gibraltar.

Heute ist das Floß aber kein Floß, sondern eine Probenbühne. Und heute sind alle Geschwister mit im Garten.

»Hanna«, sagt Jessica, »du bist Theseus. Du bist der König von Athen. Du willst in ein paar Tagen heiraten. Noch einer, der sich ins Unglück stürzt, sagt Stefan. Elke, du bist Hippolyta. Die muss hübsch sein. Und sie hat nicht viel Text, also brauchst du nicht viel zu behalten.

Anita, du bist der fiese Egeus. Der will unbedingt, dass seine Tochter Hermia den Demetrius heiratet. Dabei liebt sie doch Lysander! Und der liebt sie auch! Wenn Hermia ihm nicht gehorcht, will der Egeus sie töten lassen, so ist das Gesetz in Athen.

Er will es aber vor allem, weil er sich durchsetzen will. Er ist ein richtiger Hausbesitzer.

Theseus gibt ihr noch Bedenkzeit, ich glaube, bis zu seiner Hochzeit: Entweder sie heiratet Demetrius oder sie stirbt oder sie geht ins Kloster und, am unberührten Dorne welkend, wächst, lebt und stirbt sie in heil'ger Einsamkeit.

Hermia überlegt es sich aber nicht. Sie will sich in der Nacht mit Lysander treffen, und zwar im Wald, und ihn dort heiraten. Früher konnte man noch im Wald heiraten. Dooferweise erzählt sie das alles ihrer Freundin Helena, weil die auch gerade auftritt und in Demetrius verliebt ist. Und die dumme Nuss geht gleich los und petzt es. Bis dahin spielen wir jetzt mal.«

Jessica spielt alle Rollen. Den Theseus mit rollendem R, weil er ein König ist. Hippolyta mit Piepsstimme, weil sie findet, das passt zu der, für den Egeus hält sie sich die Nase zu, damit er böse und hochnäsig klingt. Nur die Hermia und die Helena spricht sie mit normaler Stimme, weil sie deren Kummer irgendwie versteht.

Sie bleibt den ganzen Nachmittag im Garten und geht erst gegen Abend nach Hause. Es ist immer noch hell draußen, und sie beschließt, an der Straßenbahnhaltestelle auf die Mutti zu warten. Sie horcht ein bisschen in den Flur, aber es ist still. Sie überlegt:

Der Mann im Wartehäuschen? Wenn er wieder da ist? Sie schaut umher. Muttis Deckelkörbchen! Sie hängt es über die Schulter und nimmt die Stelzen. Stelzenlaufen mit dem Körbchen an der Seite ist schwierig, aber sie schafft es. Sie kommt, ohne abzusteigen, bis zum Wartehäuschen. Der Mann ist nicht da. Gott sei Dank.

Sie setzt sich im Häuschen auf die Bank. Mit diesem Kerl, falls er doch noch aufkreuzt, wird sie allein fertig, denkt sie. Da muss sie nicht mal ihren großen Bruder neu erfinden.

Ihr großer Bruder heißt Holger Björn Bendix und stammt aus Husum. Er ist zwei Meter groß und Boxer. Er hat schon eine Kreismeisterschaft gewonnen. Wieso hat der so eine kleine Schwester? Er stammt aus der ersten Ehe von meiner Mutter. Meine Mutter war mit Max Schmeling verheiratet. Dann haben sie sich scheiden lassen und Max Schmeling hat Anni Ondra geheiratet. Das ist eine Schauspielerin. Meine Mutter ist auch eine Schauspielerin. Max Schmeling mag Schauspielerinnen.

Die Jungens, die sie in der Straßenbahn umzingelt haben, haben gelacht. Aber ein bisschen haben sie gezweifelt, ein bisschen geglaubt. Ein bisschen hat genügt, um beim Bopser schnell aus dem Siebener zu springen und hinüber zur anderen Haltestelle zu laufen, wo der Sechser nach Degerloch fährt.

Es ist Ende März. Es gibt schon so viel Licht, aber es gibt noch keine Blätter an den Bäumen. Deshalb ist der März so ein heller Monat.

Der Mann kommt doch noch. Er sieht sie und bleibt einen Moment stehen. Dann setzt er sich neben sie.

»Ha, da isch ja des goldig Mädle wieder. Hasch drs überlegt mitm Schokolad?«

Jessica antwortet nicht. Sie öffnet den Deckel vom Körbchen und schaut vorsichtig hinein. Dann streichelt sie etwas darin.

»Was hasch da im Körble?«, fragt der Mann und rückt näher. Sie riecht wieder seinen ekelhaften Atem, aber sie rührt sich nicht.

»Hasch da e Kätzle?«

»Das darf ich nicht sagen«, sagt Jessica und streichelt weiter.

»Mir derfscht's scho sage«, sagt er.

»Sie dürfen es aber niemand verraten!«, sagt Jessica.

»Noi«, sagt er und ist jetzt an ihrem Körper dran.

»Es ist eine zahme Kreuzotter!«

Es klappt. Der Mann fährt zurück.

»Du lügsch!«

Jessica schaut ihm ernst ins Gesicht.

»Sie gehört meinem großen Bruder Holger Björn Bendix. Wollen Sie sie sehen?«

Jessica öffnet die Klappe und tut so, als wolle sie etwas herausholen.

Der Mann steht auf. Er schaut sich um und verlässt das Häuschen.

Die Straßenbahn kommt. Die Mutti steigt aus. Alles ist gut.

Ein paar Tage danach kommt Jessica aus dem Studio eins.

Auf einem der davor aufgereihten Sesseln sitzt ihre Mutter. Sie hat auf Jessica gewartet.

Jessica strahlt.

»Wie war's?«, fragt die Mutti.

»Nett! Die Sendung heißt ›Wir reisen heut durchs Radiohaus‹, und es handelt davon, wie es hier aussieht und wie wir es machen, dass es Kinderfunk gibt. Wir haben immer ein Lied gesungen: Wir reisen heut durchs Radiohaus, wie sieht es wohl im Radio aus. Die Radiowellen klingen schön, wieso kann man sie dann nicht sehn?«

»Komm, wir gehen auf einen Sprung in die Kantine und nachher durch den Park nach Hause.«

»Nur … seit ich den Puck auswendig lerne …«

»Ja? Was ist seitdem?«

»Wenn ich das jetzt so spreche, also ins Mikrofon, so: Liebe Kinder, könnt ihr euch vorstellen, wie ein Funkhaus von innen aussieht, dann denke ich, dass mir das nicht so gefällt wie der Puck. Also, wie der redet.«

»Aha«, sagt die Mutti. »Ja, der Herr Shakespeare ist ein großer Zauberer. Ein Sprachzauberer und mehr als das. Du bewegst dich in einem verminten Gebiet. In vielerlei Hinsicht. Ich habe dich gewarnt!«

»Ja, hast du«, sagt Jessica. Plötzlich dreht sie sich auf dem Treppenabsatz um sich selbst und ruft:

Hans nimmt sein Gretchen,
Jeder sein Mädchen;
Find't seinen Deckel jeder Topf,
Und allen gehts nach ihrem Kopf.

»Hoppla«, sagt der Harry Schweitzer, der gerade hinter ihnen hergekommen ist und jetzt stehen bleibt.

»Dann stimmen die dollen Gerüchte? Du spielst den Puck im Staatstheater?« Sie gehen in die Kantine und setzen sich an einen Tisch, wo schon andere Spielleiter sitzen.

Die Kantine ist so blau vor Rauch wie eine Steinzeithöhle ohne Ofenrohr.

Die Mutti antwortet jetzt.

»Vielleicht. Vielleicht spielt sie mal eine Matinee. Die Lili will sehen, wie die Stimme trägt, wie die Bühnenpräsenz ist, wie sie wirkt, ob das weiter geht als erste Reihe Parkett. Ihr kennt ja Lili, die muss immer wieder die Schöpfungsgeschichte nachspielen … Außerdem braucht sie Kinderdarsteller fürs Weihnachtsmärchen.«

»Spiel das mal nicht so runter!«, sagt der Harry Schweitzer. »Das ist doch sehr beachtlich. Da müssen wir der Jessica auch mal eine schöne Rolle geben!«

»Ich spiele hier immer schöne Rollen!«, sagt Jessica.

Alle Spielleiter und Schauspieler am Tisch lachen.

»Schaut euch die schlaue kleine Diplomatin an! Bloß es mit keinem verderben!«, sagt der Spielleiter Nitschke.

Die Mutti guckt Jessica an.

»Wie meinst du das, Jessica?«, fragt sie.

»Ich finde es egal, ob ich eine große oder eine kleine Rolle habe«, sagt Jessica.

»Das kannst du mir nicht erzählen!«, sagt der Bodin, der andere Kinderfunkspielleiter. »Da wärst du die Erste, der das egal ist.«

»Alle Rollen sind doch gleich wichtig«, sagt Jessica leise. »Die Rollen sagen: Gib dir bitte ganz viel Mühe, damit die Kinder zu Hause am Radio mich mit den Ohren sehen können.«

Wieder Gelächter, aber ein bisschen leiser.

»Kannst du den Puck schon auswendig?«, fragt der Bodin.

Die Mutti sagt: »Das kann sie nach zweimal durchlesen. Aber da fängt die Arbeit erst an!«

»Na, ich weiß nicht!«, sagt der Nitschke. »Ich kann's immer nicht fassen, wie einer den Hamlet oder die Minna von Barnhelm oder den Faust auswendig lernen kann. Ich kann noch nicht mal ein Rezept für Gulasch im Kopf behalten.«

Die Mutti bekommt die steile Falte auf der Stirn.

»Ja«, sagt sie, »aber trotzdem ist das Auswendigkönnen nur die Voraussetzung. Wie du umgraben und harken musst, ehe du Blumen säst. Es stimmt, der Text muss sitzen. Auch im Tiefschlaf.

Und dann kannst du anfangen, die Figur lebendig zu machen, mit DEINEN Möglichkeiten. Mit den Möglichkeiten, die du hast und nur DU. Es ist Quatsch, zu glauben, die Jungfrau von Orleans müsse so oder so gespielt werden. Der Schauspieler bestimmt durch SEINE Fähigkeiten, auf welche Weise die Figur lebendig wird. Das herauszufinden ist die eigentliche Arbeit. Dass das Auswendiglernen nicht das Wesentliche ist, siehst du ja auch an unserer Arbeit hier im Rundfunk. Wir lesen sogar ab und trotzdem werden die Rollen zu Personen.«

Alle am Tisch schweigen still und schauen die Mutti groß an.

Hier am Tisch werden Witze gemacht, und es wird über jeden gelästert, der gerade nicht im Raum ist. Hier wird geschäkert und geflirtet, und es geht um die nächste Rolle für die nächste Wohnungsmiete.

Hier wird nicht ernsthaft und ehrlich über etwas geredet. Es ist allen peinlich. Der Harry Schweitzer will die Stimmung retten.

»Du machst doch bald die Biene Maja! Wär das nicht was?«, sagt er zum Bodin.

»Ich habe mir über die Besetzung noch keine Gedanken gemacht!«, sagt der Bodin träge.

Das stimmt natürlich nicht. Er will's noch für sich behalten. Er steht auf und holt sich noch eine Schorle.

»Wahrscheinlich soll die Biene Maja ein süßer kleiner Junge spielen«, flüstert der Nitschke. Alle am Tisch grinsen fröhlich.

Es ist alles wieder boshaft und normal.

Die Mutti und Jessica gehen durch den Schlossgarten nach Hause. Die frische Luft ist wie ein schönes Geschenk.

Jessica klettert immer mal auf einen geeigneten Baum. Sie kennt hier alle geeigneten Bäume, diesen Weg gehen ihre Mutter und sie, sooft es geht.

»Wenn ich den Puck einstudiere, muss ich es nicht so machen wie die Edith, oder?«

»Du hast ja gehört, was ich gesagt habe. Du musst es so machen wie Jessica. Trotzdem. Beobachte sie nur. Du kannst viel von ihr lernen.«

»Lernst du mal mit mir?«

»Nein«, sagt die Mutti. »Das hast du dir ausgesucht, und du bringst das zu Ende. Du hast Hilfe genug.«

»Du willst es immer noch nicht.«

»Ich glaube, es ist wichtig, dass es hier noch jemanden gibt, der dir keinen Honig ums Maul schmiert. Und der nicht will, dass du mit noch nicht mal ganz zehn Jahren Schauspielerin bist. Ich möchte vor allem, dass du ein Kind bist, und das ist schon schwierig genug unter diesen blöden Bedingungen.«

Zu Hause ist Stefan da und hat Kartoffeln gekocht.

»Warum soll die Biene Maja ein süßer kleiner Junge spielen?«, fragt Jessica.

Sie essen. Ein bisschen Butter und Salz und gehackte Petersilie zu den Kartoffeln. Stefan guckt erstaunt.

»Ja, warum?«, fragt er.

»Der Nitschke meint, der Bodin will seine Maja mit einem kleinen Jungen besetzen«, sagt die Mutti.

»Ach so!«, sagt Stefan. »Na ja, der Bodin ist halt die Tochter des Erfinders. Da hast du keine Chance, Jessica.«

»Jessica, das ist ein blöder Spruch von Stefan, und du vergisst ihn bitte sofort.«

Oje, denkt Jessica. Wie kann ich den vergessen? Vor allem, wenn er blöd ist und alle dabei grinsen?

Der Garten

Stefan steht auf einem Hocker und fegt die Küchendecke. Jessica schaut zu.

»Bist du jetzt unser Diener?«, fragt sie.

»So wie Puck bei Oberon«, sagt Stefan.

»Oder wie Spinnweb bei Titania«, sagt Jessica, denn um Spinnweben geht's vor allem bei Stefans Bemühungen.

»Du weißt ja nicht, wie recht du hast. Deine Mutter wäre die perfekte Titania. Eigentlich ist sie dafür auf die Welt gekommen. Aber sie musste ja die Brocken hinschmeißen.«

»Ich geh jetzt in meinen Garten«, sagt Jessica.

»Wo ist der eigentlich?«, fragt Stefan.

»Direkt hinterm Bäcker musst du durch zwei Gärten durch, in denen kaputte Häuser sind. Der dritte Garten ist meiner.«

»Soll noch einer sagen, der Krieg hätte gar nichts Gutes bewirkt!«, sagt Stefan. »Immerhin kriegen zehnjährige Damen Gärten geschenkt. Was machst du in deinem Garten?«

»Ich glaube, ich mache heute eine Durchlaufprobe.«

»Oh«, sagt Stefan. »Welcher Akt?«

»Dritter Aufzug, zweite Szene«, sagt Jessica.

»Da könnte ich ja mitspielen!«, sagt Stefan. »Ich habe deiner Mutter versprochen, Kartoffeln für Kartoffelpuffer zu schälen. Dann komm ich, in Ordnung?«

»Ja!«, sagt Jessica glücklich.

Jessica nimmt eine Wolldecke und das Rollenbuch mit. Dann geht sie aus dem Haus und schnurstracks zum Garten. Es ist sehr schön, mit Stefan eine Probe zu machen. Sie können sich zusammen ausdenken, wie sie alles spielen wollen, wie sich bewegen, sie will vorschlagen, dass man auch Purzelbaum und Seilspringen einbauen kann. Sie will ihn fragen, ob man nicht mal ein Stück vom Text singen kann, oder ob sie die Flöte benutzen darf. Sie platzt vor Ideen und sie hat vergessen, sich umzuschauen, ehe sie in die Gärten schlüpft.

Jessica legt die Decke über ihr Floß, das heute der Zuschauerraum ist, und setzt die Puppe Fleur drauf. Dann schlägt sie ihr Rollenbuch auf. Sie braucht es nur für die Zwischentexte, ihre Rolle kann sie schon. Sie fängt an:

Herr, meine Fürstin liebt ein Ungeheuer.
Sie lag in Schlaf versunken auf dem Moos
In ihrer heilgen Laube dunklem Schoß,
Als eine Schar von lumpgen …

»Mit wem redest du da?«

Verdammt. Der Junge. Er ist ihr gefolgt. Sie hat nicht aufgepasst. Selber schuld, denkt sie. Es wird ihr ganz schlecht. Verloren, der Garten.

Also, jetzt gute Miene zum bösen Spiel machen. Höflich bleiben. Vielleicht fällt ihr was ein.

»Vielen Dank für das Buch. Ich fange morgen damit an.«

»Stimmt gar nicht. Du willst es gar nicht lesen. Sonst hättest du schon angefangen. Mit wem redest du?«

»Ich lese ein Theaterstück.«

»Warum liest du es laut?«

»Ich lese es Fleur vor.«

»Du spinnst auf jeden Fall. Du redest mit Puppen. Oder mit niemand.«

»Du musst ja nicht zuhören. Das ist mein Garten.«

»Das ist gar nicht dein Garten. Ich brauch bloß meine

Mutter zu fragen, die kennt alle Leute hier in der Nachbarschaft. Die weiß genau, wem der Garten wirklich gehört.«

»Ich hab ihn ja nur ausgeliehen.« Jetzt bloß keinen Krach.

»Was kommt da vor, in dem Theaterstück?«, fragt der Junge.

»Der Elfenkönig ist wütend über die Elfenkönigin. Er kennt aber eine Blume, auf die hat Cupido einen Pfeil geschossen, und Cupido ist nämlich der Gott der Liebe, er heißt aber auch Amor, und die Blume ist ›purpurn nun durch Amors Wunde‹, und weil der Elfenkönig den Saft von der Blume in die Augen von der Elfenkönigin tropft, wie sie gerade schläft, muss sie sich in den Ersten verlieben, den sie beim Aufwachen sieht. Und der Erste, den sie beim Aufwachen sieht, ist Zettel. Er ist ein Handwerker, und er will mit Squenz, dem Zimmermann, und Schnock, dem Schreiner, und Flaut, dem Bälgenflicker, und Schlucker, dem Schneider, zusammen ein Theaterstück einüben zu Theseus' Hochzeit. Sie treffen sich im Elfenwald zur Probe. Zettel wird aber in einen Esel verwandelt. Und weil er also der Erste ist, den die Elfenkönigin sieht, wie sie aufwacht, verliebt sie sich in ihn, obwohl er wie ein Esel aussieht.«

»Ach, ein Märchen.«

»Ja, eine Art Märchen.«

»Und? Was machen die, wenn die verliebt sind?«

»Wieso?«

»Was machen die? Dass man es merkt, dass sie verliebt sind?«

»Sie küsst ihn. Und sie windet Blumen um ihn.«

»Und was noch?«

»Sonst nix.«

»Weißt du, was Frauen und Männer machen, wenn sie verliebt sind?«

»Nein!«, sagt Jessica. »Und ich will es auch gar nicht wissen. Und ich will auch nicht mit dir darüber reden.«

»Ich sag's dir. Die Frauen legen sich auf den Rücken und die Jungen machen ihr Ding bei der Frau rein und machen dann Pipi.«

»Du spinnst ja.«

»Wenn ich's dir sage. Davon kommen die Babys.«

»Das stimmt nicht. Du bist außerdem eklig.«

»Ich zeig dir, wie es geht. Dann sag ich meiner Mutter auch nichts von dem Garten.«

Der Junge greift nach Jessica.

»Du vergisst, dass ich stärker bin«, sagt Jessica und versucht, ihn wegzudrücken. Diesmal passt er besser auf. Er packt ihre Handgelenke und hält sie fest. Dann wirft er sich mit seinem ganzen Gewicht auf ihren Körper und drückt sie auf das Floß. Einen Arm legt er über ihre Kehle, mit der anderen Hand fährt er unter ihren Rock und zerrt an ihrem Schlüpfer. Jessica will schreien, aber er drückt so fest auf ihren Hals, dass nur ein Keuchen entsteht.

Er zieht am Schlüpfer und versucht, mit den Fingern ihre Scheide zu berühren. In dem Augenblick wird er von hinten gepackt und hochgerissen. Stefan steht da, kreideweiß im Gesicht. Er reißt dem Jungen die Brille runter und schlägt ihn rechts und links ins Gesicht und noch mal und noch mal und kann gar nicht aufhören.

Schließlich lässt er ab. Der Junge fällt heulend auf den Boden.

»Denk dir was Gutes aus, warum du so ein geschwollenes Gesicht hast, wie das in fünf Minuten der Fall sein wird«, sagt Stefan. »Betrittst du noch einmal diesen Garten, fasst du Jessica noch einmal an, erzähl ich die Sache deiner Mutter. Ich habe alles gut mitgekriegt. Ich habe nicht geglaubt, dass du so ein Ferkel bist. Da.« Er gibt ihm die Brille. »Verschwinde, Kotzbrocken.«

Der Junge setzt die Brille auf, stößt heulend eine unverständliche Drohung aus und geht.

Stefan nimmt Jessica in die Arme und wiegt sie hin und her.

»Ich bin so blöd!«, schluchzt Jessica. »Sonst mach ich immer Umwege. Ich hab nicht aufgepasst.«

»Jetzt ist Ruhe. Das wagt er nicht noch mal. Wir haben ihn in der Hand.«

Er schweigt eine Weile.

»Sollen wir es deiner Mutter erzählen?«

»Die Mutti geht bestimmt zu der Hausbesitzerin. Und dann gibt's Krach, und sie glaubt es nicht und gibt mir die Schuld, und wir fliegen raus.«

»Wir müssen es ihr erzählen«, beschließt Stefan. »Aber sie soll nicht zu der Hausbesitzerin gehen. Das heben wir uns für den Notfall auf. Aber vielleicht müssen wir wirklich nach einer anderen Wohnung schauen.«

»Das wird schwierig«, sagt Jessica. »Es ist ja alles kaputt.«

»Wir kriegen das hin«, sagt Stefan. »Deine Mutter ist ja auch so eine Frau mit den drei Händen! Komm, wir machen eine Probe. Wir sind Profis. Wir können immer arbeiten. Auch wenn's uns schlecht geht. Hier am Theater ist ein toller alter Schauspieler, den lernst du bestimmt noch kennen, der heißt Erich Ponto. Der hat ganz schlimm Rheumatismus, alles tut ihm weh, er geht an Krücken. Er geht an Krücken bis in die erste Gasse, kurz bevor er auf die Bühne muss, und dann schmeißt er die Krücken weg und betritt die Bühne und spielt zwei Stunden lang Nathan den Weisen oder Shylock oder sonst was für Riesenrollen ohne jedes Hilfsmittel. Nachher bricht er zusammen, aber das darf er dann ja.«

Jessica nickt. Davon hat sie schon gehört, und es ist die Art Heldentum, die ihr gefällt.

»Wo fangen wir an?«, fragt sie.

»Wo wir zusammen auftreten. Weißt du, zwei Waldgeister, die kommen ja nicht einfach so angelatscht. Was tun Geister?«

Jessica lächelt.

»Fliegen!«, sagt sie.

»Genau!«, sagt Stefan. »Ein Seil hast du wahrscheinlich nicht.«

Sie schauen umher.

»Die Trauerweide!«, sagt Jessica. »Die hat Äste wie Schnüre.«

»Sehr gut!«, sagt Stefan. »Wir klettern auf die Weide, packen die Zweige und lassen uns dran runtergleiten. Du zuerst!«

»Immer ich!«, sagt Jessica. Aber sie weiß schon, Stefan will sie ablenken. Und sie will ja auch. Abgelenkt werden. Und proben will sie auch. Ausprobieren. Stefan macht Räuberleiter, und sie klettert auf seine Schultern und dann in die erste Gabelung des Baumes. Sie krabbelt auf allen vieren, so weit es geht, den dicken Ast entlang und zieht von da aus die Enden der Trauerzweige zu sich hoch. Dann rutscht sie vorsichtig vom sich biegenden Ende aus abwärts, hält sich, so fest sie kann, an den dünnen Ästen, sinkt herunter, springt das letzte Stück und rollt sich ins trockene Gras.

»Gut!«, sagt Stefan. »Sehr gut. Das sieht sehr gut aus, das versuche ich auch.«

Stefan schafft es, sich bis zur Astgabel hochzuziehen. Er macht es wie Jessica und landet im Stand.

»Ich bin schließlich ein würdiger älterer Elf. Ich mache keinen Purzelbaum. Aber das ist wirklich gut, das müssen wir auch so machen. Du musst mir helfen, Lili zu überzeugen.«

»Sie können das im Theater machen«, sagt Jessica. »Die Hexe in *Hänsel und Gretel* ist auch geflogen!«

»Stimmt! Und der Buchta wollte das erst gar nicht. Und dann war das die kleine Sensation. Genau, darauf berufen wir uns. So. Und jetzt der Dialog.«

Sie erzählen es der Mutti. In abgemilderter Form. Der Junge hat VERSUCHT, Jessica anzufassen. Stefan hat ihm rechts und links EINE runtergehauen.

Trotzdem schießt die Mutti hoch wie ein Geysir, und sie können sie nur mit Festhalten und ganz viel Überreden davon abhalten, zur Hausbesitzerin zu stürzen.

Die Mutti sitzt da und schluchzt.

»Ich bin doch nie zu Hause! Ich kann sie nicht beschützen!«

Stefan sieht Jessica an.

Jessica sagt:

»Ich kann mich ganz gut selbst beschützen.«

Und sie erzählt – ungern, aber sie glaubt, sie muss – die Geschichte von dem ekligen Mann.

Die Mutti und Stefan starren sie an.

Der Mutti laufen noch mehr Tränen herunter, aber Stefan fängt an zu lachen.

»Eine zahme Kreuzotter! Genial! Und so überzeugend gespielt, dass der das geglaubt hat! Wie freue ich mich, dass du meine Schauspielkollegin bist!«

Das sagt Stefan, und Jessica ist ein bisschen stolz. Aber die Mutti schüttelt nur traurig den Kopf.

Sie sieht jetzt den Jungen kaum, sie gehen aneinander vorbei. Der Junge ist nach den Osterferien eingeschult worden, er hat mit sich selbst zu tun. Und für Jessica steht die Aufnahmeprüfung ins Gymnasium bevor.

Ihre Lehrerin ist darüber aufgeregter als Jessica und unterrichtet sie jetzt täglich und nicht nur zwei Stunden.

Lili ist unzufrieden, sie will Proben für Jessica.

Jessica übt mit Stefan, sie ist ohnehin nur mit ihm zusammen auf der Bühne. Fast.

Eine Szene hat sie mit jemand anderem. Mit einer Elfe aus Titanias Gefolge.

Lili bestellt sie für den Nachmittag. Jessica kommt auf die Probenbühne. Außer ihr und Lili ist nur noch eine Person da, eine kleine Person.

Eines der Mädchen vom Ballett.

»So«, sagt Lili. »Ihr kennt euch ja, denke ich. Wir haben uns überlegt, dass die Elfen alle von Kindern gespielt werden sollten. Und von der Jutta hier hab ich nur Gutes gehört. Also, wollen wir mal sehen, ob das klappt mit euch beiden.«

Jessica betrachtet Jutta. Jutta ist eine gute Ballettschülerin. Eine Freundin ist sie nicht. Keine dort ist das. Aber sie ist auch nicht mit ihr aneinandergeraten. Es könnte gehen. Es muss gehen.

Noch dürfen sie die Textbücher benützen.

Jessica fängt an.

He, Geist! Wo geht die Reise hin?

Und Jutta antwortet:

Über Täler und Höhn,
Durch Dornen und Steine,
Über Gräben und Zäune,
Durch Flammen und Seen,
Wandl' ich, schlüpf ich überall,
Schneller als des Mondes Ball.
Ich dien der Elfenkönigin
Und tau ihr Ring' aufs Grüne hin.

Lili runzelt die Stirn:

»Sehr hübsch, Jutta, deine Stimme klingt gut. Jetzt noch mal auf Hochdeutsch!«

Jutta schaut sie erstaunt an. »I schwätz doch Hochdeutsch!«

Lili seufzt.

»Gut, wenn du meinst! Jessica, jetzt du. Hör gut zu, Jutta, dann hörst du vielleicht den Unterschied und kannst es nachmachen.«

Oh weh, denkt Jessica. Das war nicht gut.

Sie liebt diese Stelle, in der sie als Puck erzählt, wodurch der Streit zwischen Oberon und Titania entstanden ist. Weil nämlich Titania ein Menschenkind, ein indisch Fürstenkind, wie Puck sagt, in ihrem Gefolge hat, den kleinen Sohn ihrer Freundin:

Doch sie, ein sterblich Weib, starb an dem Kinde,
Und ihr zulieb erzieh ich nun dies Kind,
Und ihr zuliebe geb ich es nicht weg.

Das Kind will Oberon als Knappe haben, und weil er es nicht bekommt, herrscht Krieg zwischen ihm und Titania. Sie kann die Stelle längst auswendig, hat sich Gesten und Bewegungen dazu ausgedacht, das lässt sie alles weg. Sie stellt sich steif gegenüber von Jutta auf und spricht den Text, als läse sie ihn zum ersten Mal. Aber hochdeutsch spricht sie, das kann sie Shakespeare nicht antun, dass sie nun absichtlich schwäbelt, nicht als Puck. Für die Handwerker wäre es vielleicht sogar gar nicht schlecht, wenn die Schwäbisch sprächen, denkt sie. Nein, aber nicht für Puck und leider auch nicht für die Elfe.

Dann ist Jutta wieder dran.

Lili sagt erst gar nichts. Dann sagt sie: »Ja, das ist ganz gut, bemüh dich ein bisschen, vielleicht könnt ihr ja zusammen üben, und Jessica kann dich korrigieren. Schlimmstenfalls streichen wir die Rolle zusammen, das schau ich mir mal daraufhin an. Los, noch mal. Und bewegt euch ein bisschen, ihr seid Waldgeister, ihr könnt schließlich sogar fliegen!«

Als Jessica nach Hause geht, weiß sie, dass sie noch eine Feindin hat. Und das gefällt ihr gar nicht.

Die Prüfung

In einem Klassenzimmer des Hölderlin-Mädchengymnasiums: Hier sitzt die unglaublich hässliche Frau Doktor Wendel, die aber nur Frau Doktor Wendel genannt wird, sie ist ein Fräulein und war nie verheiratet. In ihrem riesigen Pferdegesicht hat sie aber ein nettes Lächeln versteckt.

Und jetzt lächelt sie Jessica an und sagt zu dem alten, streng aussehenden Mann neben sich:

»Des isch die Kloi von dr Anne Johannsen. Die war scho mei Schülerin in Griechisch ond Latein. Die hot die Krott gar net oigschult. Die hent se net nemme welle glei nochm Krieg, da waret ja erscht die Ältere dra.

Se isch ja au jetzt no so e Butzele. Die Anne hat se nacher zu dr Frau Doktor Engel gäbe, die isch ja pensioniert, ond die hot se unterrichtet, zwei Schtund, älle zwoi Täg.«

»Des isch net legal und au net grad viel«, sagt der Mann. Es ist der Herr Direktor Doktor Ostergard, der Schulleiter des Gymnasiums. »Da müsset mir dir scho a bissle uff de Zahn fühle, gelt, kloins Fräulein. Kannscht du lese?«

Jessica lächelt. Sie hat keine Angst. Sie hat keine Erfahrung mit Schule. Sie hat noch nie eine Strafe bekommen. Noch nie eine Note.

Der Direktor reicht ihr ein Buch.

Jessica schaut hinein.

»Der Bach durch die Küche!«, sagt sie.

»Noi!«, sagt Frau Doktor Wendel. »Des isch der *Zwerg Nase* von Wilhelm Hauff.«

»Ja, aber sie hat scho recht«, sagt der Direktor. »Da fließt en Bach durch die Küch. Des hat mir au immer so gut gfalle.«

Jessica liest, bis sie unterbrochen wird.

»Des kannsch ja«, sagt der Direktor trocken.

»So, jetzt gehscht mal in die Klass gegeüber und schreibsch en Aufsatz mit dene andere Mädle.«

Jetzt sitzt Jessica also mit vielen anderen Mädchen in einem großen Zimmer mit vielen Pulten und Stühlen und hat ein Blatt Papier vor sich liegen. An der Tafel steht das Thema des Aufsatzes, den sie schreiben sollen. »Wie ich einmal etwas verloren habe.« Zwei Lehrerinnen gehen auf und ab im Klassenraum und passen auf, dass niemand betrügt. Das haben sie gesagt.

Jessica weiß nicht so recht, was betrügen ist. Als einzige Schülerin bei einer einzigen Lehrerin gibt's nicht viel zu betrügen. Aber einmal hat sie gesagt: Ich habe meine Flöte vergessen, und in Wirklichkeit hatte sie nicht geübt. So etwas ist vielleicht gemeint.

Aber beim Aufsatz kann man gar nicht betrügen, denkt Jessica. Vielleicht mal gucken, wie ein Wort geschrieben wird.

Dann besinnt sie sich auf das Thema und fängt an zu schreiben.

Am nächsten Tag wird noch gerechnet, und es gibt ein Diktat.

Zwei Wochen später müssen sie alle kommen, über hundert kleine Mädchen, und sich in der Turnhalle versammeln.

Dort gibt es eine Bühne, und auf der sitzen die Lehrer. In der Mitte sitzt der Direktor.

Der steht jetzt auf und sagt:

»Jetzt wird's gleich feierlich. Ich lese vor, wer Schülerin am Friedrich-Hölderlin-Mädchengymnasium wird. Aber damit's noch a bissle spannend bleibt, möchte ich einen von de Aufsätz vorlese, den ich nett gefunden hab.

Also, s' geht los: ›Wie ich einmal etwas verloren habe‹, von Jessica Johannsen.

Ich komme aus der Schule. Ich stehe vor der Haustür. Ich fasse in meine Jackentasche. Wo ist mein Hausschlüssel?

Ach Gott, ich habe meinen Hausschlüssel verloren!

Ich gehe den Weg zurück bis zur Straßenbahn-Endstation.

Auf dem Weg liegt er nicht. Meine Straßenbahn steht noch da.

Sie macht immer Pause, hier auf der Doggenburg, bevor sie wieder zum Bopser fährt. Ich steige ein und suche den Schlüssel. Er ist nicht da. Ich fahre mit der Straßenbahn zum Bopser und gehe zur Haltestelle vom Sechser. Auf dem Weg ist kein Schlüssel. Auch nicht im Sechser. Ich fahr nach Degerloch und gehe zu meiner Schule. Kein Schlüssel. Ich gehe wieder zurück. Jetzt kommt der Sechser, mit dem ich von der Schule nach Hause gefahren bin. Ich erkenne es an der Schaffnerin. Sie hilft mir suchen. Wir finden den Schlüssel nicht. Ich fahr mit dem Siebener wieder zur Doggenburg und such noch mal. Und auf dem Weg nach Hause auch. Dann stehe ich wieder vor der Haustür und fasse in meine Jackentasche. Und da ist der Schlüssel! Ich gehe ins Haus. Meine Mutter fragt: Warum kommst du so spät?

Ich erzähle ihr die ganze Geschichte. Meine Mutter sagt: Du hast zwar nicht den Schlüssel, aber ich glaube, du hast den Verstand verloren.«

Die Kinder schweigen erstaunt. Ein paar von den Lehrerinnen lächeln.

Der Direktor Ostergard lacht und sagt: »Des isch a Poente, merket ihr des net? So a klois Mädle setzt a Poente, des isch doch sauglatt, oder net?« Und er lacht und lacht und wischt sich die Lachtränen aus den Augen und hustet und hustet immer doller, und plötzlich fällt er vornüber und sackt von seinem Stuhl auf den Boden.

Die Kinder schreien leise auf.

Die Lehrerinnen springen von den Stühlen und wollen alle helfen. Eine ist so klug und läuft ins Rektorat und bestellt einen Krankenwagen. Die anderen fummeln am Direktor herum. Schließlich sagt eine Lehrerin:

»Kinder, ganget hoim. Ihr habt alle beschtande. Die, die net beschtande habet, dene hat mers schon gesagt. Die sind gar net einglade worde für heut. Der Herr Direktor Ostergard wollts halt noch a bissle schpannend mache.« Sie dreht sich weg, weil sie heulen muss.

Am andern Tag sagt Jessicas Mutter:

»Ich habe eine traurige Nachricht für dich: Dein Schuldirektor ist gestorben. Die Wendeline hat mich gerade angerufen. Sie konnte kaum reden vor Schluchzen, er muss ja ein sehr Netter gewesen sein. Und sie hat gesagt: Die Jessica war em Herr Direktor Oschtergard sei letschte Freud.«

Letzte Vorbereitungen

»Morgen Nachmittag ist Elfenprobe«, sagt Lili. »Choreografie. Die Probe macht der Maurice. Ich brauche Titania, Zettel, Puck, nur Jessica, Edith hat Hörspielaufnahme, und alle Elfen. Vierzehn Uhr, pünktlich.«

Maurice.

Das ist der Erzengel.

Er soll die Bewegungen einstudieren. Er soll sie erfinden.

Jessica freut sich. Sie strahlt ihn an. Er strahlt zurück.

»Wunderschöne Hauptdarsteller, wunderschöne Elfen!«, sagt er. »Wir müssen jetzt erfinden, wie Elfen sich bewegen. Ihr Ballettelfen dürft alles machen, was ihr könnt – Battements, Ronds de jambes en l'air sautés, Frappés, Developpés, Tours sur le cou-de-pieds und so weiter, aber das ist nischt genug. Ihr Elfen heißt Spinnweb, Bohnenblüte, Senfsamen, Motte. Was bedeutet das? Aus welsche Reisch kommen diese Vokabeln?«

»Aus der Natur!«, sagt Titania schläfrig.

»Genau. Eure Königin weiß das. Aber was bedeutet es für eure Art Bewegungen?«

»Wir bewegen uns natürlich!«, sagt der Schauspieler, der den Zettel spielt.

»Oh, wie schön, mit intelligente Leute zu arbeiten! Genau. Ich würde also sagen, Elfen machen alles, was Menschen machen, aber vielleicht ein bisschen übertrieben, ein bisschen übersteigert, ein bisschen manieriert, als wollten sie sich lustig machen. Versteht ihr?«

Jessica schielt zu den Ballettmädchen. Ob sie es verstehen? Sie sehen in diesem Moment nicht so aus. Es macht nichts. Maurice wird es erklären.

»Macht mir mal Vorschläge von Bewegungen, die ihr so macht, auf dem Schulhof, zu Hause, bei Tag, bei Nacht …«

»Liegen!«, sagt Titania, denn sie ist chronisch müde.

»Absolut!«, sagt Maurice. »Elfen liegen, stehen, laufen, knien, was noch?«

»Purzelbaum!«, sagt Jessica.

»Pürzelbaum! Wunderbar!«

»Handstand, Kopfstand, Kerze …« – Die Mädchen fangen an zu kapieren.

»Stelzen laufen, seilspringen«, fällt Jessica noch ein.

»Stopp! Ich platze schon vor Freude! So viel tolle Ideen! Für Seilspringen nehmen wir Lianen, für Stelzen, Äste mit Queräste …«

»Flöten aus Schilf!«, sagt Jessica.

»Ihr behaltet das alles, bon? Isch muss nischt aufschreiben, oder?«

Und sie machen sich an die Arbeit, um die tollen Ideen auszuprobieren, zu verwerfen oder einzubauen.

Es ist eine gute Stimmung und alle sind fröhlich. Irgendwann schickt Maurice die Hauptdarsteller nach Hause. Die Elfen müssen noch dableiben.

Jessica will noch nicht gehen.

Sie setzt sich in den dunklen Bühnenraum. Sie kann auf die Bühne schauen, aber man kann sie von dort aus nicht sehen. Auf der Bühne ist es strahlend hell, sie sitzt im Dunkeln.

Sie sitzt neben der Eisentür, sie folgt mit den Augen den Kulissenzügen aus Draht und Hanf bis hinauf in den Schnürboden, wo sie geheimnisvoll im Dunkeln verschwinden.

Sie schaut durch die Vorhänge, die die Gassen bilden, und beobachtet, wie Maurice die Elfen umherscheucht.

Dann beendet er die Probe. Die Elfen scharen sich um ihn.

»Mir wellet Sie ebbes froge.«

»O ja, heraus mit der Sprache!«

»Mir wollet uns beschwere!«

»Oh! Das erschreckt misch!«

»Nämlich, die Jessica wird bevorzugt! Die isch des Schätzle von dere Lili. Sie hot a Hauptroll, wo se doch gar net gut isch im Ballett, und se schwätzt au viel zu schnell, des verschteht mr gar net. Mir findet des ungerecht.«

»Oh!«, sagt Maurice. »Eifersüschtisch! Wo ihr doch so schön seid, so klug, so begabt. Und ihr spielt alle Vorstellungen, die Jessica vielleicht ein- oder zweimal!

Hört zu. In die neue Saison mach isch Ballettabend. Da baue ich ein Ballett ein nur für eusch! Ein Spinnweb-Bohnenblüte-Motte-Senfsamen-Ballett. Wir erweitern das, was wir heute schon probiert haben. Und das macht nur IHR, da nehmen wir die Jessica nischt dazu! Seid ihr einverstanden?«

Sie sind es nicht ganz. Sie maulen noch ein bisschen. Aber sie ziehen ab.

Jessica rührt sich nicht. Dann steht Maurice vor ihr.

»Du denkst, isch hab disch nicht gesehen? Du denkst, isch bin eine hässlische Intrigant?«

Jessica schaut ihn stumm an.

»Nein, Chérie! Das sind böse kleine Hexen. Vor denen muss isch disch ein bisschen beschützen! Deshalb meine kleine Trick! Vielleicht mach isch es wirklich. Aber nicht gegen dich, FÜR dich! So, und jetzt nach Hause. Es ist schon fast Zeit für die Abendvorstellung.«

»Die letzten Proben«, sagt Lili, »möchte ich im Kostüm. Vor allem die Elfen. Ich will jede Bewegung im Kostüm sehen. Soweit sie halt fertig sind. Vielleicht kannst du ja mal mit dem Fuß aufstampfen.« Das sagt sie zu Leonie, der Kostümbildnerin.

Die runzelt die Stirn und nickt dann.

»Jessica«, sagt sie, »gehscht du bitte mal in die Schneiderei? Die brauchet deine Maße.«

Jessica geht in die Schneiderei. Sie kennt die Schneiderei von früher, ihr gefielen schon immer die schnurrenden Nähmaschinen, die Tausende von bunten Stofffetzen auf dem Boden, sie durfte immer ein paar mitnehmen, sie und ihre Schwestern haben daraus die Puppen, was sag ich, die Kinderkleider genäht. Oh, da gab's Damast und Brokat und Taft und Samt und Seide und genauso Leinen und Flanell, und kariert und geblümt und getupft und gestreift, alles und noch mehr, als hätte der Krieg die Stoffe ausgespart.

Sie geht fröhlich in die Schneiderei.

»Kannscht du net aklopfe? Wer hat denn di erzoge?«

»Oh! Entschuldigung!« Jessica geht noch mal raus, klopft, dann kommt sie rein und grinst spitzbübisch. Niemand lächelt. Alle haben aufgehört zu nähen und schauen sie an.

Ja, es ist eine Weile her, dass sie hier mit ihrem Vater und ihrer Mutter war, und beide waren Hauptdarsteller und daher respektiert. Sie kennt gar nicht mehr alle Gesichter. Es müssen neue sein.

»Die Leonie hat gesagt, du brauchst meine Maße«, sagt sie zu der einzigen Frau, die steht.

»Sie!«

»Ja, hat sie gesagt.«

»Zu mir sagscht du ›Sie‹! Ja, deine Maße brauche mir allerdings. Des hats ja noch nie gäbe, dass ä Kind im Schtaatstheater a Hauptroll schpielt. Da hämmer nix dafür im Fundus.«

»Des wär au no schöner!«, sagt eine andere der Frauen. Sie haben jetzt langsam wieder angefangen, ihre Nähmaschinen zu treten.

»Mr wellet hoffe, dass des oimalig bleibt!«

»'s isch so überflüssig wie en Kropf!«, sagt eine dritte. »Die Emmi sagt, wenn die Edith a andere Verpflichtung hätte, na könnt mrs ja eventuell no verschtehe, abr die kann schpiele, warom da der Fratz uff'd Bühne soll, des verschteht sie net ond au sonscht koiner.«

Die stehende Frau hat ein Maßband genommen und misst Jessicas Umfang.

»Oje, bischt du dünn! Kriegsch nix Gscheits zu esse daheim?«

Jessica steigt das Blut ins Gesicht. Aber sie beherrscht sich.

»Der Puck muss dünn sein«, sagt sie. »Er ist immerhin eine Elfe.«

»So. Des isch sche, dass du uns belehrsch. Da wäret mir von selber gar net draufkomme. Also. Komm übermorge vor der Prob, na kriegsch dei Gwand. Für OINE Matinee mach mir des ganze Gschäft.«

Jessica verlässt traurig und wütend die Schneiderei.

Abends erzählt sie das alles der Mutti.

»Du hast es so gewollt«, sagt die Mutti. »Jetzt musst du's aushalten. Aber es hat nicht nur mit dir zu tun oder mit mir, vielleicht tröstet dich das. Es kommen da jetzt immer mehr Entnazifizierte herein, die gleich nach dem Krieg noch nicht arbeiten durften. Weil sie nämlich die Speichellecker waren bei Herrn Goebbels und Konsorten. Und die hassen die Lili. Der können sie es aber nicht zeigen, die hat zu viel Macht. Also lassen sie's woanders raus. In der Maske ist es besser. Da hat Lili Freunde. Und ich auch. Die werden netter zu dir sein.«

»Jessica, was ich dir noch sagen wollte, für die Biene Maja habe ich eine andere Lösung gefunden. Nur damit du dir keine falschen Hoffnungen machst.«

Der Bodin ist aus dem Schneideraum gekommen und steht vor Jessica, die mal wieder auf einem Sessel vor dem Studio eins wartet.

»Ich weiß«, sagt Jessica. »Sie kennen die Tochter des Erfinders. Da ist es doch klar, dass die die Biene Maja spielt.«

Neben Jessica sitzt die Frau Radogast. Die stößt jetzt einen seltsamen Laut aus, als ob sie niest. Ihr Sohn daneben findet das so komisch, dass er laut lacht wie eine kleine Ziege. Der Bodin steht da, ohne sich zu bewegen. Er starrt Jessica ins Gesicht. Aber Jessica hat nichts Boshaftes im Sinn. Sie hat sich das so überlegt. Die Tochter des Erfinders muss die Tochter von Waldemar Bonsels sein. Von dem Waldemar Bonsels nämlich, der die Biene Maja erfunden hat. Und dass die am besten die Biene Maja spielt, das ist doch wohl jedem klar.

Der Bodin dreht sich wortlos um und geht wieder in den Schneideraum.

Frau Radogast dreht Jessica ihr Gesicht zu. In ihren Augen stehen Lachtränen.

»Das war sehr lustig, Jessica, aber vielleicht nicht sehr nützlich!«

Habe ich mir schon wieder jemand zum Feind gemacht?, denkt Jessica. Hört das denn gar nicht auf?

Jessica wird zum ersten Mal probeweise geschminkt. Die Maskenbildnerin ist nett. Sie kommt aus Berlin.

»Ick habe schon deine Mutter jeschminkt, wie sie die Katharina Knie jeschpielt hat. Und die Ismene in *Antigone* und die Helena in det Schtück, wo der Trojanische Krieg denn jar nich schtattfindet. Und jetzt soll ick aus dir einen Kobold machen. Det macht doch richtich Schpaß!«

Sie klebt Jessicas Augenbrauen mit feuchter Seife zusammen und grundiert Jessicas Gesicht mit Clownweiß. Dann macht sie Jessica mit winkeligen Augenbrauen und riesigen Augen und grünen und roten geometrischen Zonen ein ganz neues Gesicht.

Sie muss auch probeweise ihr Kostüm anziehen. Keine Garderobiere ist zu sehen. Das macht nichts. Alle, die mit der Schneiderei zu tun haben, sind unfreundlich zu ihr. Ein Kostüm kann sie alleine anziehen. Und die Kostümbildnerin kommt, betrachtet sie genau und ist zufrieden.

»A bissle hab ich mir den Puck immer so vorgestellt«, murmelt sie.

Aber das hört nur Jessica.

»Freitag, die Premiere, spielt Edith. Sonntag, die Matinee, spielt Jessica.«

»Sonntag, die Matinee, spiele ICH«, sagt die Hofreiter.

Tiefe Stille im Konversationszimmer.

»Ach ja?«, fragt Lili. »Bestimmst das DU?«

»Am Sonntag kommen aus allen Zonen die Kulturbeauftragen in die Vorstellung. Es kommen die ganzen Radiomacher und bestimmt auch einige Intendanten. Und womöglich Leute vom Film. Das hast du geschickt gedeichselt für dein Schätzchen. Aber ohne mich. Das wird vermutlich die wichtigste Aufführung von allen, und die spiele ICH.«

»Ich habe gar nichts gedeichselt«, sagt Lili. »Und du übertreibst maßlos. Ich habe erst heute erfahren, dass da am Wochenende der Kulturkongress hier ist und dass da die Geweihträger anrauschen. Da sie alle schon am Freitag eintreffen, können wir bestimmt erreichen, dass einige in die Premiere gehen.

Die haben selber die Karten bestellt und wollen sie bezahlen und wenn wir ihnen ein Kontingent von Freikarten zur Verfügung stellen, lässt sich das bestimmt umpolen. Die meisten Menschen gehen lieber abends ins Theater statt völlig verkatert am Sonntagvormittag nach 'ner feuchten Nacht.«

Eine Zeit lang schweigen alle. Versammelt ist die komplette Besetzung des *Sommernachtstraums*. Wie immer befindet sich das Konversationszimmer im Dämmerlicht des Zigarettenrauchs.

Jemand anderes erhebt die Stimme:

»Mir älle in der Schneiderei kapiere des gar net, dass e klois Kind im Schtaatstheater ä Hauptroll schpiele soll. Des hats no nie gäbe, und wenn i des sage derf, des macht des Bild von der Edith kaputt, als ob mer se durch so a Rotzböbbele ersetze könnt.«

Das sagt die Gewandmeisterin.

Wieder tiefe Stille.

Dann sagt Stefan: »Emmi, wir wissen, wie sehr du die Edith schätzt. Aber du bist nicht die Einzige. Wir wissen alle, was für ein Kaliber sie ist. Und was wir an ihr haben.

Eben deshalb ist niemand auf die Idee gekommen, Jessica könne Edith ersetzen oder Edith werde durch Jessica als Kollegin bedroht, das ist völlig lächerlich. Du weißt doch sicher, dass zu Shakespeares Zeiten ein junger Mann die Titania gespielt hat und überhaupt alle Frauen von jungen Männern gespielt wurden, natürlich auch der Puck. Und das wäre heute noch so, wenn es da nicht mal irgendwann eine mutige Lili gegeben hätte, die einfach mal was anders machen wollte. Und so probieren wir jetzt, wie es ist, wenn ein kleines kindliches koboldartiges Geschöpf, das der Shakespeare sich ausgedacht hat, von jemand Kleinem, Kindlichem, Koboldartigem gespielt wird, der beziehungsweise die zufällig auch dazu imstande ist, diese schwierige poetische Sprache zu sprechen. Die die Stimme hat und die Bühnenpräsenz.

Jessica spricht seit vier Jahren regelmäßig im Funk, sie hat die Lehrzeit also schon abgeschlossen, ist gleichsam Schauspiel-Geselle.«

»Des überzeugt mi älles überhaupt net, und du schleimscht bloß bei dr Lili, damit de im Gschäft bleibscht und des ganze isch a Schnapsidee, und i find die Edith soll sich an hökschter Schtelle beschwere.«

»Komm, Emmi!«, sagt Edith. »Es hat keinen Sinn. Im Augenblick sitzt die Lili am längeren Hebel. Das muss nicht so bleiben.«

Sie stehen auf und rauschen hinaus. Schon wieder, denkt Jessica, Feinde fürs Leben. Das muss aufhören.

»Warum ist die Emmi so giftig?«, fragt sie Stefan.

»Ach, sie verehrt die Edith. Sie ist ihr Schatten. Und wäre gern mehr.«

»Keine schmutzigen Verdächtigungen!«, sagt Lili, sie sitzen mal wieder zusammen.

»Was meinst du damit?«, fragt Jessica.

»Sagen wir es so: Sie würde sich für die Edith täglich einen Arm und ein Bein abhacken lassen, und das schon das ganze Leben lang. Seit Kaiser Wilhelms Zeiten.«

»Ach!«, seufzt die Lili. »Können junge Männer boshaft sein.«

»Ihr redet immer so, dass ich's nicht verstehe«, sagt Jessica.

Sie hat die Aufnahmeprüfung bestanden. Bestanden, bestanden, bestanden, singt sie zum Drehen der Räder am Fahrrad, zum Klackern der Stelzen. Sie hat jetzt mehr Zeit. Sie muss nicht mehr zur Schule fahren. Sie ist nicht Fisch, nicht Fleisch, sagt die Mutti. Nicht mehr Grundschulkind, noch nicht Gymnasiastin. Vielleicht bin ich ein Gemüse, sagt Jessica und singt Gemüse, Gemüse, Gemüse. Sie hat gute Laune, wie man sieht. Sie hat noch Abschied gefeiert von ihrer Lehrerin. Die Lehrerin war traurig wegen Herrn Ostergard. Sie war seine Kollegin. Sie war auch traurig über den Abschied von ihrer einzigen Schülerin. Aber sie war auch stolz auf Jessica. Sie schenkt ihr das Buch *Wunderbare Reise des kleinen Nils Holgersson mit den Wildgänsen*. Es ist ein großartiges Buch. Es ist ein Frühlingsbuch. Es belehrt Jessica darüber, dass es auch noch etwas anderes gibt als Theater, Rundfunk, Schule, eklige Männer und eklige Jungens. Es gibt Das Draußen, Den Wind, Den Regen, die jetzt nicht mehr kalt sind, sondern etwas versprechen. Und manchmal scheint die Sonne und es wird schon so heiß, dass man ein Sommerkleid vom letzten Jahr aus dem Schrank holen muss, und die Mutti trennt stöhnend den Saum auf und bügelt ihn und näht ihn wieder um, so schmal wie möglich und trotzdem ist das Kleid sehr kurz und auch ein bisschen eng. Der Flieder bekommt seine verheißungsvollen Rispen; in ihrem Garten hat sie eine dunkelblaue Akelei gefunden. Es wird gar nicht mehr lange dauern, dann werden im Garten des Hauses, in dem sie wohnen, die Rosen blühen. Kleine Stämme, rechts und links vom Gartenweg, darauf blühen im Juni dann die Rosen zu Hunderten, goldgelb mit roten Unterseiten, an manchen Blättern ein helles, milchiges Rot, wie Joghurt mit Hagebuttenmark verrührt … Jessica denkt, ich weiß noch, wie sie riechen. Letztes Jahr ist sie dort zwischen den Rosen gestanden und hat den Duft eingeatmet, bis ihr schwindelig wurde. Sie würde gerne noch einmal wieder zwischen den Rosen stehen, in dem verbotenen Garten.

Frühling

Stefan sagt: »Lass uns in deinen Garten gehen.«

»Eine Probe?«, fragt Jessica.

»Nein«, sagt Stefan. »Keine Probe. Lass uns das mal alles kurz vergessen. Hast du ein schönes Buch, aus dem du mir was vorlesen kannst?«

»Oder du mir?«, fragt Jessica.

»Nein, du mir«, sagt Stefan und seufzt.

Jessica lächelt und packt *Nils Holgersson* in ihrer Mutter Deckelkörbchen und hängt es sich um.

Es ist ein grauer Tag im April, aber es liegt trotzdem etwas Rosiges in der Luft.

Stefan setzt sich im Garten an den Fuß der Weide und lehnt seinen Rücken an den Stamm. Die Arme verschränkt er hinter dem Kopf, vielleicht, weil die Rinde drückt, und er schließt die Augen.

»Erzähl mir was«, sagt Stefan.

»Was?«, fragt Jessica.

»Von früher. Von deinem Vater. Und deiner Mutter.«

Jessica überlegt. Sie hockt sich neben Stefan.

»Sie hatten einen Pfiff.«

»Sie hatten einen Pfiff?«

»Ja. Einmal kamen im Krieg die Mutti und ich in Wien an, mit der Eisenbahn, um den Vati zu treffen, er konnte nur ganz kurz weg von der Front, so hieß das, wo er immer hinmusste, und der Bahnhof war ganz, ganz voll, ungefähr tausend Menschen oder zehntausend.

Und die Mutti sagte: Oh Gott, wie sollen wir den Vati finden? Und wir sind ausgestiegen und standen auf dem Bahnhof, und obwohl so viele Leute da waren und es laut war, hörten wir den Pfiff.

›Vier adlige Rosse / voran unserm Wagen / die zogen zum Schlosse …‹ Es ist ein Lied, das hat er auch oft gesungen.«

Jessica singt es leise.

»Und so haben wir uns gleich gefunden.«

»Tolle Geschichte«, murmelt Stefan. »Und jetzt lies mir vor. Was ganz Schönes.«

Jessica hat was ganz Schönes.

Sie schlägt die *Wunderbare Reise* auf und sucht ein bisschen, dann hat sie es: Der große Kranichtanz auf dem Kullaberg.

Und sie liest die Geschichte vor, wie sich auf dem Kullaberg im Frühling alle wild lebenden Tiere zu einer großen Spielversammlung vereinigen.

Sie liest vom düsteren Flugtanz der Krähen und vom aufregenden Frühlingstanz der Hasen – »drehten sie sich im Kreise herum, machten hohe Sätze und schlugen sich mit den Vorderpfoten gegen die Rippen, daß es knallte. […] ein anderer ging auf den Vorderpfoten […] die Tiere, die zusahen, begannen schneller zu atmen.«

Sie liest vom Liebesgeflüster der Auerhähne und der Birkhühner und auch vom Verbrechen des Fuchses Smirre, der seinen Rachedurst nicht bezwingt und eine Gans tötet, obwohl hier Burgfrieden ist. Ein halbes Ohr wird ihm abgebissen, er wird auf ewig des Landes verwiesen und von den jungen, blutdürstig heulenden Füchsen vertrieben. Dann kommt der wilde Kampf der Edelhirsche, und alle werden von Mut und Kraft erfüllt, und dann geht ein Flüstern von Hügel zu Hügel: Die Kraniche!

»Und da kamen die grauen, wie in Dämmerung gekleideten Vögel mit langen Federbüschen in den Flügeln und rotem Federschmuck im Nacken. [sie] glitten in geheimnisvoller Verwirrung von ihrem Hügel herab. Während sie vorwärts glitten, drehten sie sich halb fliegend, halb tanzend im Kreise herum. Die Flügel anmutig erhoben, bewegten sie sich mit unfaßlicher Schnelligkeit. Es war, als spielten graue Schatten ein Spiel, dem das Auge kaum zu folgen vermochte. Es war, als hätten sie es von den Nebeln gelernt, die über die einsamen Moore hinschweben. Ein Zauber lag darin; alle die noch nie auf dem Kullaberg gewesen waren, begriffen nun, warum die ganze Versammlung ihren Namen von dem Kranichtanz hat. Es lag eine gewisse Wildheit darin, aber das Gefühl, das diese erweckte, war eine holde Sehnsucht. Niemand dachte jetzt mehr daran zu kämpfen. Dagegen fühlten jetzt alle, die Beflügelten und die Flügellosen, einen Drang in sich, ungeheuer hoch hinaufzusteigen, ja bis über die Wolken hinauf, um zu sehen, was sich darüber befinde, einen Drang, den schweren Körper zu verlassen, der sie auf die Erde hinabzog, und nach dem Überirdischen hinzuschweben.

Eine solche Sehnsucht nach dem Unerreichbaren, nach dem hinter dem Leben Verborgenen fühlten die Tiere nur einmal im Jahre, und zwar an dem Tag, wo sie den großen Kranichtanz sahen.«

»Ja«, sagt Stefan. »Das ist sehr schön. Und du hast das sehr schön gelesen, kleine Freundin. Das ist Frühling, und das ist Hoffnung. Ich bedanke mich bei dir! Das habe ich nötig gebraucht.«

Sie will noch einmal zwischen den Rosenbäumen stehen?

Manchmal werden Wünsche erfüllt, aber so, dass man lieber verzichtet hätte.

Morgen ist Generalprobe. Sie steht vor dem Besetzungsplan und liest: Puck: Jessica Johannsen.

Sie bekommt eine Gänsehaut. Vor Schreck und auch vor Freude. Obwohl sie das gewusst hat. Aber es ist noch etwas anderes, wenn es dann da schwarz auf weiß geschrieben steht.

Sie denkt: Ich muss ein guter Puck sein. Nicht nur für mich, sondern für die alle, die glauben, dass ich das kann. Ich muss gut sein.

Und, denkt sie dann noch, auch für die, die glauben, dass ich es nicht kann. Die WOLLEN, dass ich es nicht kann.

Vor dem Gartentor steht der Junge. Er hat auf sie gewartet. Er ist aufgeregt.

»Komm«, sagt er hastig, »komm schnell. Komm in den Garten.«

Sie will nicht. Sie spricht ja nicht mehr mit ihm. Aber sie folgt ihm trotzdem. Sie will zu den Rosen, die noch nicht blühen. Sie hat das Gefühl, es sei wichtig, was er ihr zeigen will. Sie gehen zwischen den Rosenbäumen entlang. Am Ende der Rosenstraße steht ein Gartentisch. Der Junge klettert hinauf und zieht sie hoch. Von hier können sie in Jessicas Wohnzimmer schauen, ohne dass man gesehen wird.

Im Wohnzimmer ist Stefan. Und ihre Mutter. Sie reden. Sie machen Gesten mit Händen und Armen. Sie gehen im Zimmer herum. Plötzlich setzt sich ihre Mutter hin und legt die Hände vor das Gesicht. Weint sie, lacht sie? Stefan geht zu ihr. Er zieht sie an den Schultern hoch. Er nimmt sie in die Arme. Er legt sein Gesicht auf ihre Haare. Er schaut mit dem Gesicht aus dem Fenster. Aber die Augen sind geschlossen. Dann zieht er ihr die Hände vom Gesicht. Dann küsst er sie. Die Mutti legt ihre Hände gegen seine Schultern und schiebt ihn weg. Aber nicht sofort. Einen kleinen Augenblick hat sie stillgehalten.

»Geh da sofort runter!«, sagt Jessica zu dem Jungen.

»Du hast mir überhaupt nichts zu befehlen!«

»Geh da runter, sonst schubs ich dich. Und wenn du petzt … du weißt schon. Wird's bald?«

»Ich weiß, wo dein Theater ist!«, sagt der Junge. »Ich war sogar schon drin!«

»Na und? Das weiß jeder. Da muss man schon sehr dumm sein, wenn man das Staatstheater nicht kennt.«

Jessica verlässt den Garten und knallt die Gartentür hinter sich zu.

Jessica geht gar nicht ins Haus. Sie setzt sich ins Straßenbahnhäuschen. Sie ist allein. Sie holt die Schwestern.

Sie fragt: »Wieso hat der Junge das mit Stefan und meiner Mutti gewusst? Hat er das schon öfters gesehen? Und hat er es mir gezeigt, um sich zu rächen? Aber wieso ist es eine Rache?«

Die Schwestern wissen es nicht.

Sie sagt: »Hanna, vielleicht heiratet meine Mutter den Stefan. Vielleicht wird Stefan mein Vater. Mein Stiefvater.«

Hanna schweigt mitfühlend.

»Weißt du, Hanna, das ist keine gute Idee.«

Hanna guckt fragend.

»Warum das keine gute Idee Ist? Weil … der Junge hat gewusst, dass mich das traurig macht. Und das wollte er. Das war seine Rache. Aber warum macht es mich traurig?«

Die Generalprobe

In dieser Nacht können fast alle Leute, von denen hier die Rede ist, schlecht schlafen. Aber trotzdem kommt der andere Morgen und teilt ihnen mit, welche Aufgaben heute zu erledigen sind.

»Also, Hanna, Nita, Elke, Karla, ich sag jetzt Tschüss. Ich bin jetzt Puck und sonst nichts. Drückt mir die Daumen. Wünscht mir Hals- und Beinbruch. Spuckt mir über die Schulter.«

Sie fährt ins Theater. Es ist noch viel zu früh. Sie geht in die Pförtnerloge. Mit dem Pförtner ist sie befreundet, seit sie ganz klein war.

Er hat ihr heute Erdbeeren mitgebracht aus seinem Schrebergarten. Er hat ein selbst gebautes kleines Glashaus. Da sind also schon die ersten Erdbeeren reif.

Aber Jessica sagt: »Ich habe heute einen Knoten in der Speiseröhre.«

»Na, isst se halt schpäter«, sagt der Pförtner freundlich.

Jessica schaut durch die Glasscheibe auf den Bühneneingang. Da kommt die Hofreiter. Was will die hier? Heute ist ihr, Jessicas Tag. Will sie sich in den Zuschauerraum setzen und an den falschen Stellen lachen? Das hat sie schon öfters gemacht.

Jessica sieht, dass der Schauspieldirektor vor dem Besetzungsplan steht.

Er sieht die Hofreiter kommen und breitet die Arme aus.

»Edith, mein schöner Schatz. Hilf mir doch mal eben. Da komm ich doch eigens aus meiner Hütte herbei, um dich in diesem schlechten Shakespeare-Stück zu betrachten, weil du sicher mal wieder die Sterne vom Himmel pflückst, und da steht ›Puck: Jessica Johannsen‹. Was ist denn das für ein Quatsch?«

»Das ist die Kleine von der Johannsen. Die spielt in einer Matinee den Puck, die Lili will sie testen, weil sie eine Kinderdarstellerin für den kleinen Prinzen braucht. Deshalb spielt die heute die Generalprobe. Ich habe die beiden Hauptproben gespielt.«

»Die Kleine von der Johannsen? Dieses miese kleine Luder? Das kommt überhaupt nicht infrage. Bleib bloß hier, das haben wir gleich.

Wo ist die Wiesengrund?«, brüllt er und er tobt durch die Türe ins Theater hinein.

Jessica hat zugehört. Der Pförtner auch.

»Des isch en Wüschter!«, murmelt er. »Arms Mädle, da bisch heut umsonscht herkomme.«

Jessica verlässt die Pförtnerloge und das Theater. Sie geht in den Rosengarten. Auch hier versprechen die Rosen schon, dass sie bald blühen werden. Muss sie jetzt immer weinen, wenn sie zwischen Rosenbüschen steht?

Plötzlich steht Lili vor ihr.

»Da bist du ja. Ich hab dich gesucht.«

»Wieso?«, schnieft Jessica. »Ich spiel doch nicht.«

»Sehr wohl spielst du.«

»Wieso hast du dem Henrici nichts gesagt von mir?«

»Ich hab ihm das selbstverständlich gesagt. Er hat nicht zugehört. Oder es war ihm egal.«

»Wieso spiele ich jetzt doch?«

»Ich habe ihm gesagt, dass ein paar Amerikaner kommen, um dich zu sehen. Der Kulturoffizier Lenny Schaffer zum

Beispiel. Und dass der mit deiner Mutter befreundet ist. Da ist er sehr zahm geworden. Weißt du, ich bin Jüdin. Die Amerikaner würden es gar nicht gerne sehen, wenn man mir Schwierigkeiten macht. Das weiß der Henrici genau.«

»Ist er wütend?«

»Und wie. Und du seist eine unverschämte kleine Ziege, und er habe nicht gewusst, dass es sich um dich handelt. Er kenne dich nämlich ganz genau. Wie kommt denn das?«

»Ach, das ist uralt. Ich hab mal im Ballettunterricht zu ihm gesagt, er ist der Mann im Mond und ein Menschenfresser und die Sternenmädchen blenden ihn.«

»Aha. Also los, Jessica, Kostüm und Maske. Es geht los.«

Geschminkt und verkleidet geht sie auf ihren Platz hinter der Bühne ... Stefan? Sie kennt keinen Stefan. Stefan gibt es nicht. Es gibt Oberon. Jessica ist Profi. Sie kann alles vergessen. Es gibt nur HIER und JETZT.

Dritter Akt, zweite Szene. Jessica klettert auf den Schnürboden. Von hier aus werden sie »fliegen«. Bis dahin ist alles gut gegangen. Sie war, sie ist Puck und sonst war, ist – nichts.

Wie war das mit dem »Fliegen«? Stefan und sie haben Lili überredet. Die Techniker haben gegrübelt. Und eine Lösung gefunden. Stefan und Jessica sind »geflogen«. Lili hat gelächelt und genickt.

Edith steht neben ihr.

»Ja, ich wollte schon immer entweder Prostituierte werden oder zum Zirkus gehen. Die Wahl fällt mir nicht schwer.«

Lili sagt: »Edith, ich sag's gern immer wieder: Du musst das nicht machen. Es gibt zwei Pucks, einen kindlichen und einen erwachsenen. Es sind zwei unterschiedliche Existenzformen.«

»Interessant ist aber, dass dir zu der kindlichen Existenzform immer die spektakuläreren Ideen kommen!«

»Ach, Edith, kriech auf dem Bauch auf die Bühne, komm auf Stelzen, komm rückwärts oder sing ein Lied dabei – ich darf das doch dir überlassen, weil du eine kluge und fantasievolle Edith Hofreiter bist. Das Kind braucht Unterstützung, du doch nicht!«

»Ja, bastle ihr Flügel, sie fliegt bestimmt von allein, dürr wie sie ist! Es fliegt aber nicht nur das arme Kind, sondern auch der maskuline Großelf. Passt das zu dessen Existenzform?«

»Vielleicht gar nicht mal so gut. Aber Stefan will es. Und er kann es auch begründen. Er hat zu der kindlichen Elfe nicht die erotische Beziehung wie zu dir als Puck. Er hat eine väterlich beschützende Beziehung. Er will immer in der Nähe sein, wenn's gefährlich wird.«

»Als ob Puck einen Beschützer braucht!«, sagt Edith spöttisch, aber sie spricht leiser. Hat ihr das gefallen, was Lili von der »erotischen Beziehung« gesagt hat?

Wenn Edith spricht, hört man es im ganzen Zuschauerraum. Man kann es gar nicht überhören. Sogar wenn sie flüstert, hört man sie überall, bis hinauf in den dritten Rang. Stefan hat das Gespräch gehört, Jessica hat es gehört.

Stefan will Frieden stiften.

»Flügel!«, sagt er. »Nette Idee. Elfen haben Flügel. Und Engel!«

»Und Dädalus«, sagt Jessica leise.

»Dädalus!«, sagt Edith. »Eine gebildete Zehnjährige! Ist ja zum Kotzen!«

Aber Jessica will sich nicht mehr ärgern. Sie sagt stattdessen am Abend zu ihren Schwestern:

»Ob das geht? Flügel? Flügel selber basteln?«

Wie gewöhnlich wissen die Schwestern das nicht.

»Mag Minos das Land und das Meer versperren – jedoch steht der Himmel sehr offen.« Das sagt der Dädalus und dann bastelt er Flügel, er legt die Federn wie Dachziegel übereinander, mit der kleinsten beginnend, so steht es da in meinem Buch, und bindet alles mit Schnur zusammen und verklebt es mit Wachs. Und dann hat er Flügel und kann damit fliegen. Nur sein kleiner Sohn, der will zu hoch in den Himmel hinauf und da schmilzt das Wachs in der Sonne.

Das ist ein Märchen, erklärt Jessica den Schwestern. Aber man soll etwas daraus lernen, nämlich, dass man nicht zu nah am Wasser fliegen soll und nicht zu nah an der Sonne. Aber man kann den Ikarus schon verstehen, so heißt der kleine Sohn nämlich, finde ich, das Hochfliegen ist doch das Am-Schönste.

Das weiß ich von meiner Schaukel im Theater.

Jetzt steht Jessica vor der Schaukel.

Der Bühnenarbeiter wird gleich die Schaukel seitlich am Brett anfassen und sie nach hinten ziehen. Jessica muss dann die Seile packen und sich mit einem Ruck auf das Schaukelbrett ziehen, während der Bühnenarbeiter die Schaukel nach vorne drückt und loslässt. Sie muss sofort fest sitzen und dann mit dem Schwung in einem großen Radius so etwa acht Meter über dem Bühnenboden entlanggleiten. Das Licht eines Scheinwerfers wird sie verfolgen. Die Schaukel macht lange Wege, während sie sich senkt – es fühlt sich wunderbar an, ja, wie Fliegen – das letzte Stück springt Jessica und landet mit einem Purzelbaum, die Schaukel wird geheimnisvoll im Dunkeln verschwinden. Hundertmal geübt. Das kann sie im Traum.

Stefan ist ebenfalls heraufgeklettert und tritt neben Jessica. Er hat genauso eine Schaukel, er greift nach den Seilen und setzt sich aufs Brett. Er kommt nicht mit Schwung herunter, sondern senkt sich nur herab. Jetzt, wo er sitzt, und sie steht, ist er genauso groß wie sie.

»Wir haben noch gar nicht geredet. Bis jetzt warst du sehr gut! Aber es hat Ärger gegeben? Mit dem Henrici?«

Jessica sieht Stefan an. Plötzlich beugt sie sich vor und küsst ihn auf den Mund. Vor Schreck wehrt sich Stefan überhaupt nicht. Es ist nur ein kurzer Moment. Dann löst sich Jessica wieder.

»Ich wollte nur mal wissen, wie es ist, wenn man dich küsst«, sagt sie mit kratziger Stimme.

»Jessica!«, zischt der Bühnenarbeiter. »Dein Stichwort! Und … los!«

Jessica guckt über die Schulter nach hinten, streckt die Arme hoch, packt die Seile und stößt sich ab. Jetzt muss sie sich, so schnell wie möglich, auf den Sitz ziehen.

Aber – es geht nicht. Sie kann sich nicht hochziehen. Die Seile sind rutschig in ihrer Hand. Sie versucht, sich auf das Schaukelbrett zu setzen. Auch das Schaukelbrett ist rutschig. Sie klammert sich an die Seile, so gut es geht, aber es geht eben nicht, sie rutscht tiefer, die Schaukel schwingt über die ganze Bühne, wieder zurück, hell angestrahlt vom Scheinwerfer, als wollte der etwas beweisen, etwa über der Mitte ist es aus, Jessica kann sich nicht mehr festhalten, die Seile entgleiten ihr, sie fällt. Und es gibt ein dumpfes Geräusch und Jessica liegt da unten ganz still.

Jessica überlegt sich, ob sie wach ist. Sie beschließt, die Augen aufzumachen. Sie schafft es auch. Sie schaut nach oben. Es handelt sich um die Decke eines Zimmers. Dann schaut sie dorthin, wo sie glaubt, dass ihr Körper – liegt?

Da ist nur viel Großes, Weißes. Das macht sie müde und sie schließt die Augen wieder. Und schläft ein.

Sehr viel später macht sie einen neuen Versuch. Ja, sie liegt. Das merkt sie jetzt deutlich. Das waagerechte Gefühl. Sonst spürt sie nichts. Sie dreht den Kopf und schaut nach links. Jemand schaut sie an, ohne zu blinzeln. Jemand, der auch liegt. In einem Bett. Wie sie selbst vermutlich. Jemand ist auch ein Mädchen. Jessica schaut wieder dahin, wo, wenn sie also liegt, ihr Körper sein müsste. Und sie sieht wieder das große, weiße, hochstehende Eckige.

»Bist du jetzt wach?«, fragt jemand.

Jessica schaut wieder in die Augen auf der anderen Zimmerseite.

»Ich glaube«, sagt sie.

»Du hast ein gebrochenes Bein«, sagt das Mädchen. »Zweimal gebrochen. Du hattest eine Narkose, da haben sie es dir wieder eingerichtet. Und eingegipst. Heute Nacht tut es weh. Schlimmstenfalls dürfen sie den Gips aufschneiden. Du bist im Theater von einer Schaukel gefallen.«

Jessica schließt die Augen wieder.

Das ist also passiert. Ich wollte schaukeln. Das Brett war rutschig. Ich wollte mich festhalten. Die Seile waren rutschig. Ich konnte die Seile nicht festhalten. Ich habe sie losgelassen. Dann bin ich runtergefallen.

Hat sie das laut gesagt?

Das Mädchen da gegenüber fragt:

»Und dann? Schlaf bitte nicht wieder ein. Ich will dich kennenlernen. Ich heiße Lakritze.«

Jessica dreht den Kopf nach links.

»Lakritze? Im Ernst?«

»Nein, eigentlich heiße ich Leokadia. Aber das konnte ich erst noch nicht sagen. Ich habe Lakritze gesagt. Leokadia finde ich blöd. Da sind wir bei Lakritze geblieben.«

»Ich heiße Jessica.«

»Hast du Geschwister?«, fragt Lakritze.

Jessica schweigt. Ist es Verrat, wenn sie von Hanna, Nita, Elke und Karla erzählt, oder ist es Verrat, wenn sie von ihnen schweigt?

Erst mal abwarten.

»Sie haben dich hier hereingeschoben und über alles geredet. Einer heißt Moritz, der hat gesagt: Man muss die Polizei holen. Das ist kein Streich, das ist ein Mordversuch. Da war noch ein Mann. Der hat grüne Augen, der sieht sehr hübsch aus. Der hat mich angeschaut und gesagt, da ist ja noch eine Jessica. Dann hat er geweint. Deine Mutter war auch dabei. Ich glaube, es ist deine Mutter. Sie war total blass.«

Jessica runzelt die Stirn. Die Seile waren rutschig. Alle beide. Und das Brett. Das kam nicht von selbst. Das war nicht aus Versehen. Maurice sagt, es ist ein Mordversuch. Stefan hat geweint.

»Was hast du?«, fragt sie Lakritze.

»Blinddarm raus. Ich habe einen Sandsack auf dem Bauch. Immer wenn ich lache, tut es sehr weh. Bring mich bloß nicht zum Lachen!«

»Ich bring dich, glaube ich, nicht zum Lachen«, sagt Jessica. »Ich bin heute nicht lustig.«

Die Aufführung

Es ist Oktober. Das neue Schuljahr hat begonnen. Schon vor einer Weile. Das erste Gymnasiumsjahr.

Aber Jessica ist nicht im Hölderlin-Mädchengymnasium.

Sie ist ganz woanders. Sie ist in einer Schule in der Nähe der Strengen Großmutter. In einer Schule fast am Bodensee. Die Schule ist so geartet, dass man in ihr auch wohnt. Lakritze geht auf diese Schule.

Die Eltern von Lakritze und Jessicas Mutter haben sich im Krankenzimmer kennengelernt.

Da gab ein Wort das andere und plötzlich war es entschieden: Sie wird zusammen mit Lakritze auf diese Schule gehen. Diese Schule kostet Geld. Die Strenge Großmutter und die Liebe Großmutter und der Weitgereiste Großvater, alle legen zusammen, damit Jessicas Mutter das Schulgeld bezahlen kann.

Jetzt steht Jessica vor Herrn Bühler.

»Jessica, die Generalprobe – also, das lass ich jetzt nicht gelten, dass die Generalprobe immer schlecht sein muss, damit die Premiere gelingt. Dass sind so Gespenstergeschichten, die immer weitererzählt werden und die nur selten stimmen.

Aber die Jessica, die ich da gesehen habe, das war noch nicht mal die halbe Jessica. Die halbe Jessica ist ja immer noch gut genug. Aber nicht für mich, Jessica! Nicht für mich! Was war los?«

Jessica bleibt stumm.

Sie will Herrn Bühler nicht ärgern. Herr Bühler ist ihr Musiklehrer. Er ist erst dreiundzwanzig Jahre alt. Er war ein Wunderkind, so erzählt man sich, er hat also früher angefangen, erwachsen zu werden.

Jetzt ist er erwachsen. Er ist Lehrer, allerdings einer, der wie ein griechischer Gott aussieht und auch so streng wie ein solcher ist.

Er studiert mit ihnen eine Kinderoper ein. Königlicher Besuch kommt zur Premiere. Weil er seine Kinder hier untergebracht hat. Hier im Internat.

Bei diesen Kindern steht im Klassenbuch: Beruf des Vaters: König. Jessica hat es voll Erstaunen gelesen.

Die Kinderoper heißt *Die Bremer Stadtmusikanten*.

»Weißt du, zu dir rede ich nicht wie zu einem Kind. Diese kleine Oper ist nicht nur so ein Unterhaltungsstückchen mit Märchenmotiven. Sie ist so gebaut, dass da ein tieferer Sinn herauskommt. Es geht um die Lebewesen, die immer ihre Pflicht erfüllt haben und nun, da sie die gewohnte Arbeit nicht mehr leisten können, nicht mehr gebraucht werden. Sie sind nutzlos, sie sollen verhungern.«

»Wie bei den Eskimos«, sagt Jessica.

»Wieso? Wieso Eskimos?«, fragt Herr Bühler verblüfft.

»Da haben sich die Alten freiwillig auf Eisschollen gesetzt und haben sich wegtreiben lassen, damit sie den Jungen das Essen nicht wegessen.«

Herr Bühler runzelt die Stirn.

»Ja«, sagt er. »Aber das ist primitiv. Es klingt so, als ob alt gleich unnütz sei. Aber gerade jetzt, wo die schwere körperliche Arbeit für die Tiere aufhört, entsteht für sie ein Freiraum. In der Oper spielen alle vier ein Instrument. Sie können sich sozusagen künstlerisch vervollkommnen und haben

Zeit für Freundschaft und Gemeinsamkeit, für das Gestalten einer Lebensform. Zugegeben ein wenig anarchisch. Aber anarchisch, das heißt: ohne Herrschaft. Ohne Chef, wenn du so willst.

SIE bestimmen die Regeln ihres Zusammenlebens. Das ist der Sinn des Singspiels. Und das betont die Musik, die ziemlich modern ist, und das betonen die Lieder. Und das nehme ich ernst und das ist mir wichtig.

Und du weißt, da unten sitzen alle Eltern und es sind Könige dabei.«

»Nur ein König und eine Königin«, sagt Jessica.

»Jessica, es ist egal. Es muss sowieso für alle gleich gut sein. Es geht alle an. Und ich hab mich so gefreut, dass du hierhergekommen bist, es war wie ein Signal für mich: Jetzt kannst du das aufführen. Jetzt hast du jemand für den Esel, der der Anführer ist. Jetzt geht es nicht, dass ich mich getäuscht habe.«

»Nein«, sagt Jessica. »Morgen wird es besser. Ich hab bloß einen blöden Brief gekriegt.«

Was stand in dem blöden Brief?

Er war kurz, der blöde Brief.

»Stefan hat sich ein Auto gekauft. Einen Fiat mit Holztüren. Gebraucht und ganz billig. Mit dem kommen wir zu deiner Aufführung.«

Waren sie ein »Wir«?

Tut es noch weh?

Sie kommen zur Aufführung.

Nicht zur Premiere.

So lange ist es noch nicht her, da gab's für sie Hauptproben und Generalproben und Matineen und Abendvorstellungen und Kinderfunk und Hörspiel und Live-Sendungen und Aufnahmen. Jetzt gibt es eine Aufführung. Eine Schüleraufführung.

Und dass immer noch nicht raus ist, wer das war mit der Seife an den Seilen, denn Seife war es. In der Schneiderei wird so eisern geschwiegen wie im Kinderballett. Und der Junge? Denkt Jessica. Er hat gesagt, er war im Theater. Soll sie das petzen?

Noch was stand in dem Brief: »Tante Ida ist hier zu Besuch mit Purzel. Sie will dich unbedingt sehen, also bringen wir beide mit. Wenn in den *Bremer Stadtmusikanten* zufällig der Hund krank wird, kann Purzel ja einspringen.«

Jessica starrt auf diesen Satz. Diesen ungeheuer blöden Satz. Ein Witz von Stefan? Der so klar und deutlich zeigt, was sie alle von so einer Schüleraufführung halten?

Und plötzlich ist Jessica auf der Seite von Herrn Bühler. Auf der Seite der *Bremer Stadtmusikanten*. Auf der Seite dieser »Aufführung«, die keine Premiere ist, weil sie nur einmal gespielt wird.

Sie weiß, wie viel Arbeit sie bis jetzt alle schon hineingesteckt haben, die Kinder, der Lehrer, der die Sprecherrolle hat und, weil er ein Engländer ist, mit einem süßen Akzent spricht, und das kleine Orchester, das auch aus Schülerinnen und Schülern besteht.

Sie haben das Bühnenbild selbst entworfen und gebaut und mit der Schneiderin zusammen die Kostüme genäht.

Sie haben sprechen, singen und tanzen und ihre Instrumente geübt.

Plötzlich ist es ihr wichtig, dass das respektiert wird.

Jessica ist nicht in die Arbeitsstunde zurückgegangen. Sie steht bei der Pferdekoppel. Sie betrachtet Mio, den Haflinger. Auf dem soll sie ab nächster Woche Voltigieren lernen. Voltigieren. Sie hat schon zugeschaut. Sie hat gesehen, wie die Kinder Kunststücke machen auf dem Pferd. Freihändig reiten. Wie ich auf dem Kamel, denkt Jessica und wundert sich, wie lange das schon her ist.

Mio kommt ans Gatter, und sie hält ihm ihre Hand hin. Sie fühlt seine weichen Lippen, die ein Zuckerstückchen suchen, das sie nicht hat. Ich muss mir Zuckerstückchen besorgen, denkt sie.

Sie war in diesem Sommer nicht bei den Großeltern an der Nordsee. Sie war somit auch nicht bei ihren Schwestern.

Sie wünscht sie sich herbei, sie haben schließlich alles miterlebt. Aber sie sind so merkwürdig blass und durchsichtig geworden in letzter Zeit, und es scheint, als ob sie gar nicht richtig zuhörten, wenn sie ihnen etwas erzählt.

Jessica rupft ein bisschen Gras und lässt es Mio aus ihrer Hand zupfen.

»Pferde füttern statt Hausaufgaben?« Lakritze steht neben ihr.

»Du wirst schon überall gesucht, das gibt mindestens zwei Stunden Kartoffelschälen am Samstag.«

Jessica seufzt.

»Gut. Gehen wir rein. Ich war bei Herrn Bühler. Er hat mit mir geschimpft.«

»Das wird Fräulein von Lowinska sicher freuen. Dass du erzogen wirst, meine ich. Was hat er denn geschimpft?«, fragt Lakritze.

»Er findet, ich gebe mir nicht genug Mühe beim Theaterspielen. Es stimmt auch. Ich hatte heute einfach keine Lust.« Lakritze nickt. Sie versteht das, sie hat überhaupt keine Lust zum Theaterspielen.

»Komm«, sagt sie, »du entschuldigst dich und dann bekommst du vielleicht keine Strafe, und nach dem Abendessen gehen wir raus und spielen. Wir spielen Zehnerle.« Jessica schaut Lakritze kurz an.

Sie denkt: Spielen! Ich sollte den Puck spielen. Ich sollte im Staatstheater den kleinen Prinzen spielen. Und vielleicht im Funk die Alice im Wunderland. Davon haben sie auch schon geredet. Das wird alles nicht passieren.

Und sie merkt, es tut nicht mehr weh. Sie sieht, dass Lakritze sich darauf freut, mit ihr Zehnerle zu spielen. Wie geht das noch mal? Zehn Mal den Ball an die Wand werfen und mit der rechten Hand fangen, neun Mal an die Wand werfen und mit der linken Hand fangen, acht Mal ... Wenn man einen Fehler macht, kommt der andere dran. Sieben Mal unterm Knie durchwerfen und fangen ... es wird immer weniger und immer schwieriger und bei »ein Mal« muss man den Ball an die Wand werfen, sich einmal um sich selber drehen und in die Hände klatschen, ehe man den Ball fängt, für diese Steigerung bräuchte man eigentlich drei Hände ... Und Jessica denkt, ja, aber wir haben nur zwei. Und es muss trotzdem gehen. Klar, spielen wir nach dem Abendessen Zehnerle.

Zitate im Text aus:

Selma Lagerlöf, *Wunderbare Reise des kleinen Nils Holgersson mit den Wildgänsen*, übersetzt von Pauline Klaiber, s. https://www.gutenberg.org/files/31114/31114-h/31114-h.htm#kap5

William Shakespeare, *Ein Sommernachtstraum*, übersetzt von August Wilhelm von Schlegel, s. https://www.projekt-gutenberg.org/shakespr/sommer/sommer.html

© Huber, Radolfzell

Felicitas Andresen, geboren 1939 in Hemmenhofen am Bodensee, wo sie auch heute wieder lebt. Nach dem Studium der Kunstgeschichte und Soziologie arbeitete sie als Schauspielerin am Theater und im Sozialwesen. Sie hat zahlreiche Romane und Erzählungen veröffentlicht und wurde mehrfach ausgezeichnet, zuletzt mit dem Thaddäus-Troll-Preis für *Sex mit Hermann Hesse* (2016).